Klarant Verlag

AF238844

Da, wo das Emsland endet und Ostriesland beginnt, lebt **Freya Joken**. Passender kann der Wohnort der Autorin nicht liegen: kein weiter Weg zum ostfriesischen Strand und nur einen Katzensprung von Freyas Lieblingsinsel Norderney entfernt. Die Liebe zum Meer, Strand und der Insel wurde bereits in ihrer Kindheit zum Leben erweckt. Früher war Freya mit ihren Eltern oft dort, und noch heute genießt sie die Auszeit auf Norderney, der zweitgrößten ostfriesischen Insel. Dabei wird sie von ihrem Mann begleitet, der jahrelang zur See gefahren ist und die Leidenschaft zum Meer mit ihr teilt. Auf Norderney tobt der Bär, denn es gibt viele tolle Events und Attraktionen. Kein Wunder also, dass Freya Joken bei so viel lustigem Trubel unzählige Ideen für spannende Ostfrieslandkrimis bekommt.

Freya Joken

Norderney Mord

Die Inselpolizisten: 1. Fall

Ostfrieslandkrimi

Klarant Verlag

Copyright © 2024 Klarant GmbH, 28355 Bremen
Klarant Verlag, www.klarant.de – www.ostfrieslandkrimi.de
ISBN: 978-3-96586-955-4
1. Auflage 2024
Umschlagabbildung: Klarant Verlag

1. Kapitel

Als Fenna vom kalten Wasser der Nordsee erfasst wurde, stockte ihr der Atem. Das Rauschen der Wellen hallte in ihren Ohrmuscheln wider. Das salzige Meerwasser brannte im ersten Moment in ihren Augen, deshalb konnte sie nur die Umrisse des jungen Mannes erkennen, der sie im Sprung zu Fall gebracht hatte. Dafür spürte Fenna seine starken Hände umso deutlicher. Er hatte seine Finger um ihren schlanken Hals gelegt und drückte ihr die Luft weg. Sie wollte ihm gerade in die Nieren boxen, als er plötzlich von ihr gerissen wurde. Fenna durchbrach die Oberfläche, nahm einen tiefen Atemzug und rieb sich über die Augen. Henning Petersen stand vor ihr am Strand und hatte den Übeltäter bereits in Handschellen gelegt. »Alles in Ordnung bei dir?«, erkundigte sich ihr Kollege besorgt, aber an seinem Gesicht konnte Fenna erkennen, dass er sauer auf sie war.

Sie spuckte den Rest Salzwasser aus, der sich noch in ihrem Mund befand, und schniefte. Ihr wurde schlagartig kalt, als sie im Freien stand und eine frische Brise ihren nassen Körper erfasste. »Klar.«

Henning zog skeptisch eine Braue hoch. Dann sagte er in seinem typischen tadelnden Ton: »Ich glaube nicht, Fen.«

Fenna folgte seinem Blick und hielt den Atem an. Ihr linkes Hosenbein war mit Blut getränkt. Die tiefdunkle rote Flüssigkeit verteilte sich im Baumwollstoff ihrer grauen Jogginghose. Als die Kommissarin den Riss im Stoff entdeckte und ihn auseinanderschob, sah sie die Wunde und spürte schlagartig den heißen Schmerz. Sie hielt den Atem an. Verdammt – was war das denn? Hatte der Mistkerl sie tatsächlich mit einem Messer verletzt? Im Gefecht hatte Fenna die Schnittwunde gar nicht wahrgenommen – dafür jetzt umso mehr. Die Beamtin wollte gerade etwas zu ihrem Vorgesetzten sagen, als er ihr zuvorkam: »Du musst ins Krankenhaus – und wehe, du gehst nicht! Ich kümmere mich um alles Weitere.« Mit diesen Worten ließ er seine Kollegin allein am Strand zurück.

Fenna Hansen kniff die Lippen zusammen und strich sich das nasse Haar aus dem Gesicht. Super – sie war gerade mal drei Tage auf Norderney im Dienst, hatte heute ihren freien Tag und dann sowas! Inzwischen waren einige Inselgäste, die sich in unmittelbarer Nähe befanden, stehen geblieben und sahen neugierig und gespannt zu der jungen Frau herüber. Ein älterer Herr, der mit seinem Golden Retrie-

5

ver spazieren ging, deutete mit der rechten Hand auf ihr Bein. »Sie bluten.«

»Da sollten Sie mal sehen, wie der andere aussieht«, scherzte die Polizistin mit trockenem Humor, ließ den Mann mit Fragezeichen in den Augen zurück und ging die Steinstufen zur Strandpromenade empor. Der klatschnasse Jogginganzug klebte regelrecht an ihrem Körper und sie begann zu frieren. Das Krankenhaus der Insel lag in der Lippstraße – ein ganz schönes Stück zu laufen, und das mit einer Schnittwunde. Plötzlich erklang eine Hupe, die zu einem Polizeiwagen gehörte, und sie konnte Hoschi erkennen, er war einer ihrer weiteren neuen Kollegen der Norderneyer Polizei. Hoschi hieß mit richtigem Namen Hartmut Fischer und stand kurz vor der Pensionierung. Er hatte vor einem Jahr einen Schlaganfall erlitten, und da er rechtzeitig behandelt worden war, ging es ihm gut damit. Hoschi hatte sich aber dafür entschieden, bis zum Dienstende nicht mehr Vollzeit zu arbeiten.

Fenna öffnete die Beifahrertür und deutete auf ihre nassen Klamotten und die blutverschmierte Hose. »Soll ich etwa so in das Auto steigen?«

»Hinten im Kofferraum findest du zwei Decken«, antwortete er. »Lege dir eine um, sonst erkältest du dich noch dazu.«

Fenna tat, was er ihr sagte. Sie breitete eine Decke über den Beifahrersitz aus und kuschelte sich in die zweite. »Ich gehe mal davon aus, dass Henning dich angerufen hat?«

Hoschi setzte den Wagen in Bewegung und fuhr in Richtung Inselkrankenhaus. Er nickte.

»So, wie er mich gerade angesehen hat, bekomme ich großen Ärger.« Ihr Blick fiel auf das blutgetränkte Hosenbein, das sie nicht abgedeckt hatte.

Hoschi sah seine neue Kollegin von der Seite an und grinste. »Ich glaube kaum, denn die Handtasche, die du dem Dieb entnehmen konntest, gehört einer gewissen Frau von Zarow. Und die wiederum ist eine sehr gute Freundin des Chefs.«

»Aha.« Mehr fiel Fenna in diesem Moment nicht dazu ein. Auch wenn ihr neuer Chef eine Busenfreundschaft mit der Frau hatte, war Henning trotzdem sauer auf sie, und das wiederum ärgerte Fenna. Besonders weil er recht hatte. Sie hatte sich seinem Befehl widersetzt und allein gehandelt.

6

»Und der Kerl ist echt mit dem Messer auf dich losgegangen?«, fragte Hoschi und diesmal fiel sein Blick auf ihr linkes Bein.

»Anscheinend ja – ich habe es gar nicht bemerkt, erst als Henning mich darauf angesprochen hat.«

Hoschi erreichte die Zufahrt zur Notaufnahme, hielt den Wagen und stieg mit der Kollegin aus.

»Du brauchst nicht mitzukommen«, lehnte sie seine Begleitung höflich ab. Doch er winkte ihre Worte mit einer laschen Handbewegung fort und folgte ihr. »Ach was, ich habe eh nichts zu tun. Außerdem schmeckt der Kaffee hier gut.« Und zack, bog er nach dem Eingangsbereich rechts ab in Richtung Café und seine Kollegin begab sich zur Anmeldung.

Eine junge Frau saß hinter dem Tresen und schaute Fenna fragend an. »Ja, bitte?«

»Moin, mein Name ist Fenna Hansen und ich habe am Oberschenkel eine Schnittwunde.«

Die Dame schien unbeeindruckt zu sein, denn sie schob ihr einen Zettel zu und sagte mit gelangweilter Stimme: »Den müssen Sie ausfüllen und ich benötige Ihre Versicherungskarte.«

»Die habe ich leider nicht bei mir«, beteuerte sie und schnappte sich einen Kugelschreiber aus der Blechdose vor sich.

»Hm … dann ist das schwierig.« Sie warf ihr einen genervten Blick zu.

Die Kommissarin wollte gerade der Dame einen passenden Spruch um die Ohren hauen, als Hoschi mit einem Kaffeebecher neben ihr auftauchte. »Moin Sarah, das ist Fenna, unsere neue Kommissarin – sie hat gerade einen Taschendieb gefasst und der hat ihr sein Messer in den Oberschenkel gerammt.« Bei ihm klang das, als hätte die Beamtin gerade eine Heldentat vollbracht. Hoschi besaß anscheinend Zauberkräfte, denn der Gesichtsausdruck der Dame veränderte sich schlagartig. Sarah strahlte den Polizisten bis über beide Ohren an. »Moin Hoschi! Na, dann werde ich mal ein Auge zudrücken.« Sie wandte sich an Fenna und behielt das Lächeln im Gesicht. »Dann reichen Sie die Karte bitte, so schnell es geht, nach, ja?«

»Aber sowas von«, brachte die Kommissarin durch zusammengebissene Zähne hervor. Sie humpelte zu einem der Stühle und begann das Formular auszufüllen, was sich schwierig gestaltete, denn ihre Finger zitterten inzwischen vor Kälte.

7

Hoschi unterhielt sich währenddessen angeregt mit Sarah. Ihr Kollege hatte anscheinend einen guten Draht zu der Krankenhausangestellten. Nun, Hartmut Fischer war ein echter Insulaner und schon viele Jahre hier stationiert – kein Wunder, dass er bekannt war wie ein bunter Hund. Vitamin B schadete niemandem. Hinzu kam, dass er mit seinen einundsechzig Jahren diesen interessanten Old-Daddy-Look besaß. Er hatte stahlblaue Augen, die durch die gleichmäßige Bräune sehr gut zur Geltung kamen. Genau wie sein ergrautes Haar und ein gepflegter Bart.

Fenna hatte das Formular ausgefüllt und reichte Sarah den Zettel. »Bitte.«

»Dann werden Sie gleich aufgerufen, Frau Hansen.« Die Angestellte war gar nicht mehr wiederzuerkennen, und so wie Fenna die Situation deuten konnte, flirtete Hoschi mit ihr und die junge Dame ließ sich das sehr gern gefallen. Ob der alte Haudegen verheiratet war, wusste Fenna nicht.

Sie wollte sich gerade wieder setzen, als eine Krankenschwester erschien. Die Frau in Weiß nahm den ausgefüllten Bogen und warf einen kurzen Blick drauf. »Frau Hansen?« Dann entdeckte sie den uniformierten Herrn und strahlte genauso wie Sarah zuvor. »Ah, moin Hoschi – was machst du denn hier?«

»Ich begleite meine neue Kollegin. Sie hat gerade einen Taschendieb zur Strecke gebracht und er hat sie mit dem Messer verletzt«, wiederholte Hoschi den Lobgesang und Fenna meinte, dass Bewunderung in seinen Worten mitschwang. Jedenfalls schaute die Krankenschwester, die den Namen Mechthild auf ihrem Schild stehen hatte, Fenna aus großen Augen an. »Echt? Im Moment sind wieder viele dieser Übeltäter auf der Insel unterwegs. – Dann kommt die Heldin mit mir. Dr. Perick wird sich das ansehen.«

»Ich warte hier auf dich!«, rief Hoschi seiner Kollegin zu, lehnte sich lässig an den Tresen und steckte schon wieder im Flirtmodus mit Sarah.

Schwester Mechthild führte die Beamtin in ein Behandlungszimmer und zeigte auf eine Bahre, die mitten im Raum stand. »Ziehen Sie schon mal die Hose aus, dann kann ich mir die Wunde ansehen und sie säubern.«

Fenna legte die Wolldecke zur Seite, worauf die Schwester sah, dass sie komplett durchnässt war. »Herrje, Sie sind ja klitschenass! Wie ist das denn passiert?«

8

Sie schlüpfte aus dem Jogger heraus, nahm auf der Bahre Platz und betrachtete neugierig den Schnitt, aus dem noch immer Blut sickerte. »Ich bin dem Dieb bis an den Strand gefolgt, und dann hat er sich auf mich gestürzt und mich ins Wasser geschmissen. – Dabei hat er mich mit dem Messer erwischt.«

Mechthild schüttelte fassungslos den Kopf und stöberte in einem der Medizinschränke herum. »Die Kerle werden von Jahr zu Jahr dreister. Norderney ist einfach zu berühmt und als Partymeile in ganz Deutschland bekannt geworden. Leider bringt das immer die Sorten von Typen auf die Insel, die nichts Gutes im Schilde führen.« Sie nahm auf einem kleinen Rollhocker Platz und begann die Wunde zu säubern. »Das muss auf alle Fälle genäht werden.«

Na super, dachte Fenna und seufzte. »Immerhin habe ich ihn erwischt – ein Mistkerl weniger.«

In der nächsten Sekunde wurde die Tür geöffnet und ein großer Mann, der einen weißen Kittel trug, trat ein. »Sie sind also die Heldin des Tages, Frau Hansen!« Er reichte ihr seine schlanke Hand. »Ich bin Doktor Sven Perick.« Seine dunkelbraunen Augen sahen die Kommissarin intensiv an, worauf ihr ein warmer Schauer über den Rücken lief. Hübsches Kerlchen, schoss es ihr durch den Kopf. Doktor Perick hatte einen Kurzhaarschnitt, außer das Deckhaar, das war etwas länger und leicht gelockt. Fenna schätzte ihn um die dreißig Jahre – also noch ein junger Arzt. »Und Sie sind als Polizistin neu auf der Insel?«, fragte er die Beamtin.

»Ja, ich bin letzte Woche hierhergezogen und vor drei Tagen hat mein Dienst begonnen«, erzählte sie ihm.

Sven Perick zog sich blaue Handschuhe über und nahm auf dem Rollhocker Platz, den Schwester Mechthild in der Zwischenzeit freigegeben hatte. Als er mit seiner Hand über ihren Oberschenkel strich, stieg eine heiße Welle bis in ihre Wangen empor.

Durch die Latexhandschuhe konnte sie die Wärme seiner Finger auf ihrer kühlen Haut spüren. »Das muss ich mit ein paar Stichen nähen.« Er rollte zurück zu einem Tisch, auf dem die Schwester alles vorbereitet hatte. »Ein Taschendieb hat Sie mit dem Messer verletzt?«, wollte er von ihr wissen und näherte sich mit einer Spritze. »Jetzt pikt es kurz.«

Als Fenna den Einstich verspürte, verzog sie das Gesicht und atmete laut aus. »Ich war an der Promenade joggen, als ich eine Frau um Hilfe rufen hörte. Sie zeigte mir den Mann, der ihr die

9

Handtasche gestohlen hat, und ich bin ihm gefolgt. Am Strand habe ich den Täter zu fassen bekommen, aber ich habe nicht gesehen, dass er ein Messer gezückt hat.« Sie merkte, wie es um den Stich, der fünf Zentimeter lang war, zu kribbeln begann. »Tja, und dann hat er mich erwischt.«

Dr. Perick sah kurz zu ihr auf. »Aber der Täter konnte doch gefasst werden, oder?«

Die Kommissarin schaute ihm gebannt zu – ihr machte es nichts aus, zu sehen, wie er mit der gebogenen Nadel durch ihre Haut stach und der Faden durchgezogen wurde. Fenna Hansen war in dieser Hinsicht echt abgebrüht – was ihre Mutter nicht verstand. Während sie mit ihrem Vater ekelige Horrorfilme anschauen konnte, schwebte ihre Mutter lieber auf der Rosamunde-Pilcher-Wolke. »Ja, mein Kollege konnte ihn in Handschellen legen.«

Ein Lächeln huschte um seine Mundwinkel und als er sie mit seinen sanften braunen Augen ansah, wurde ihr warm ums Herz. »Dank Ihrer Vorarbeit.«

Fenna wiegte den Kopf unsicher umher. »Na, ich glaube, mein Vorgesetzter ist eher sauer auf mich. Ich habe mich seinem direkten Befehl widersetzt – kommt nicht gut an, nach drei Tagen Dienst.«

Dr. Perick schnitt den Faden ab und rollte ein Stück mit dem Hocker zurück, dann sagte er: »Ich glaube, dass Sie den Taschendieb gefasst haben und die Besitzerin glücklich darüber ist, ihre Wertsachen wiederzuhaben, ist wichtiger als die Missachtung eines Befehls. Ich persönlich finde, dass Sie richtig gehandelt haben. – So, Schwester Mechthild wird noch ein Pflaster draufmachen und wir sehen uns spätestens in zwei Wochen wieder, dann ziehe ich die Fäden.« Er stand auf, zog sich die Handschuhe ab und warf sie in den Mülleimer. »Alles Gute, Frau Hansen.«

»Danke!« Ihr Blick klebte an ihm, bis er aus dem Zimmer verschwunden war.

Schwester Mechthild ließ die Wunde unter einem weißen großen Pflaster verschwinden. »Sie dürfen die nächsten Tage nicht duschen oder Sie müssen die Wunde mit einer Folie umwickeln. Mit Frischhaltefolie funktioniert das ganz gut. – Und ich bringe Ihnen Ersatzkleidung, damit Sie nicht wieder in das nasse Zeugs reinsteigen müssen, sonst holen Sie sich noch den Tod. Bin gleich zurück!«

»Danke, das ist lieb von Ihnen.« Nachdem die Schwester hinter der Tür verschwunden war, gab die Kommissarin einen langen verzweifelten Seufzer von sich. Ob ihr Fehlverhalten Konsequenzen nach sich zog? Aber hätte sie denn wirklich auf Henning warten sollen? Dann wäre der Mistkerl doch längst über alle Berge mit seinem Diebesgut verschwunden – in ihrem Fall über alle sieben Weltmeere. Jedenfalls musste sie gleich mit Hoschi zur Polizeistation und ihre Aussage machen. Was für ein beknackter Start auf Norderney.

2. Kapitel

Fennas grauer Jogginganzug war einem quietschrosafarbenen gewichen, und zu allem Übel stand noch in großen Lettern auf der Brust: *Beauty Queen*. Was anderes hatte Schwester Mechthild nicht im Angebot gehabt; nun besser, als wenn die Beamtin weiter hätte frieren müssen. Als Fenna die Anmeldung erreichte, saß Hoschi auf einem der Stühle und war mit seinem Smartphone beschäftigt, während Sarah telefonierte. »Kann losgehen.«

Er schaute auf, und als er seine Kollegin sah, legte sich ein Grinsen auf sein Gesicht nieder. »Rosa steht dir.«

Fenna zog eine Grimasse.

Hoschi stand auf. »Sei froh, dass nicht *Barbie* draufsteht – obwohl, würde zur Miss-Norderney-Wahl passen, die hier im Moment stattfindet.«

Jetzt musste auch sie lachen und die beiden gingen zum Wagen. Wie vermutet, brachte ihr Kollege sie direkt zur Polizeistation. Er ließ Fenna dort aussteigen und machte seine Runde, die er immer per Auto auf der Insel absolvierte, zu Ende.

Sobald Fenna Hansen die Räumlichkeiten betrat, wurde sie von ihrem Chef, Hauptkommissar Theo Wiemer, in Empfang genommen. Seinem Gesicht nach zu urteilen, war er ihr tatsächlich nicht böse, was sie von Henning nicht behaupten konnte: Der stand neben ihm und seine Mimik war im Moment unergründlich. Theo Wiemer strahlte die neue Kollegin an und sagte: »Fenna, das hast du prima hinbekommen! Frau von Zarow lobt dich in den höchsten Tönen und will sich noch persönlich bei dir bedanken.«

Fenna nickte und kniff die Lippen zusammen.

»Wieso hast du nicht auf mich gewartet, so, wie ich es dir am Telefon gesagt habe?«, warf Henning seiner Partnerin vor und sah sie aus schmalen Augen an.

Bevor sie ihm eine Antwort geben konnte, ergriff Wiemer das Wort. »Ach, Henning! Fenna hat einen Taschendieb zur Strecke gebracht und fünftausend Euro gesichert.«

»Fünftausend Euro!?«, wiederholte Fenna schrill.

»Ja, Charlotte hat immer so viel Bargeld bei sich« Wiemer kratzte sich die Stirn und sagte: »Warum auch immer …«

Henning wiederholte in einem strengen Ton: »Und sie hat sich trotzdem einem direkten Befehl widersetzt!«

12

»Du hast doch heute deinen freien Tag, oder?« Der Hauptkommissar blickte die junge Frau fest an.

»Ja?«

Er lachte. »Na, dann braucht Fenna auch keine Befehle von dir zu befolgen, mein Lieber! Sie hat in ihrer kostbaren Freizeit ihr Leben aufs Spiel gesetzt! – Du kannst ihre Aussage aufnehmen, Henning. Ich bin im Büro, muss mit dem Bürgermeister telefonieren.« Und mit diesen Worten ließ er beide zurück.

Die Kommissarin zerrte an dem viel zu weiten Sweatshirt und kam sich echt blöd vor. Nicht nur wegen des rosafarbenen Joggers, sondern auch, weil ihr Chef sie vor Henning in Schutz genommen hatte. Fenna wollte auf keinen Fall der Liebling des Hauptkommissars werden.

Henning machte eine Kopfbewegung, dass sie zu seinem Schreibtisch gehen sollte. »Dann wollen wir mal. – Setz dich.«

Nachdem die beiden Beamten alles formell und sachlich hinter sich gebracht hatten, räusperte Fenna sich und sagte zu Henning: »Es tut mir leid, aber ich wollte den Mistkerl unbedingt in die Finger bekommen.«

Seine graublauen Augen musterten sie und er lehnte sich in dem Bürostuhl zurück. »Ich hoffe, es war dir eine Lehre – die Verletzung hättest du nicht bekommen, wenn du auf mich gewartet hättest, *Fen*!« Er betonte ihren Namen extra – Fen wurde sie von den meisten Leuten genannt.

»Bis du aufgetaucht wärst, wäre der Dieb längst abgetaucht«, entgegnete sie flapsig. »Woher soll ich denn ahnen, dass der Kerl ein Messer bei sich hat?«

»In der Unterrichtsstunde hast du wohl geschlafen – du musst immer damit rechnen, dass die Personen gefährliche Gegenstände bei sich tragen. Das lernst du in der ersten Stunde, mein Fräulein!«, tadelte er das Greenhorn und fügte hinzu: »Los, verschwinde und genieße den Rest deines freien Tages!«

Fenna stand auf und grüßte militärisch. »Sir, jawohl, Sir!«

In der nächsten Sekunde betrat Frau von Zarow die Polizeistation, und als sie die neue Kommissarin sah, winkte die ältere Dame ihr zu und blieb vor dem Tresen stehen. Sie hatte einen großen Blumenstrauß in der Hand. »Da ist meine Heldin!«

13

Fenna ging zu ihr. »Frau von Zarow, ich habe erfahren, dass nichts aus Ihrer Handtasche fehlt, das freut mich.« In Gedanken fragte sie sich, warum man fünftausend Euro mit sich herumschleppte.

Die ältere Dame reichte der Polizistin den Blumenstrauß und einen weißen Umschlag. »Hier, da ist Finderlohn drin!«

Fenna vernahm ein tiefes Brummen von Henning hinter sich. »Danke, Frau von Zarow, aber ich darf keine Geschenke annehmen. Es ist mein Job zu helfen.«

Sie winkte die Worte der Kommissarin mit einer laschen Handbewegung von sich. »Ach was, papperlapapp! Kaufen Sie sich einen neuen Jogginganzug davon, ich habe erfahren, dass Ihrer kaputt ist und Sie sogar verletzt wurden. Und das alles nur wegen eines so schrecklichen Mannes!«

»Charlotte, das ist aber lieb von dir, dass du unserer Fenna Blumen vorbeibringst!«, erklang die Stimme von Theo Wiemer, der plötzlich aus seinem Büro hervortrat. Er nahm den weißen Umschlag entgegen. »Den Finderlohn hat sich unsere neue Kollegin wahrhaftig verdient!« Dann reichte er Fenna den Umschlag und zwinkerte ihr zu. »Ist doch dein freier Tag, da darfst du ruhig Geschenke annehmen.«

Diesmal hüstelte Henning extra laut, worauf sich Fennas schlechtes Gewissen bemerkbar machte. Sie hatte Henning Petersen vor einigen Monaten in Emden kennengelernt, er war der erste Kollege nach ihrer Ausbildung, mit dem sie für zwölf Wochen gemeinsam auf Streife unterwegs gewesen war. Die beiden hatten sich auf Anhieb verstanden, aber Henning war streng und ging stets nach Vorschrift. Deshalb wunderte es Fenna nicht, dass er es überhaupt nicht guthieß, dass sie den Blumenstrauß und den Umschlag annahm. Die Kommissarin selbst auch nicht. Aber um Frau von Zarow und ihren Vorgesetzten nicht zu verstimmen, machte sie gute Miene zum bösen Spiel. Das Geld – wie viel auch immer da drinsteckte – würde sie einem guten Zweck spenden.

Vor drei Monaten hatte Henning Petersen die Stelle auf Norderney angeboten bekommen und sie, zu ihrem persönlichen Bedauern, auch angenommen. Fenna war damals echt traurig darüber, dass er nicht mehr ihr Partner war, besonders weil sie danach mit einer eingebildeten Zimtzicke die Streife absolvieren musste. Die hatte ihr jeden Arbeitstag zur Hölle gemacht.

14

Vor zwei Wochen erhielt Fenna Hansen einen Anruf von Henning, der ihr mitteilte, dass eine weitere Stelle auf Norderney besetzt werden müsste und ob sie nicht dazu Lust hätte, hierher zu wechseln.

Fennas sieben Sachen waren fix in einige Kartons verpackt, und dank seiner Hilfe hatte sie schnell eine kleine Dachwohnung in einem der unzähligen Ferienhäuser gefunden, die es auf Norderney gab. Jetzt war sie gerade mal den vierten Tag hier und steckte in der ersten Misere. Die lauten Worte von Frau von Zarow holten die Beamtin zurück in die Gegenwart. »Ach herrje, jetzt habe ich Ihnen auch noch Ihren freien Tag ruiniert, das tut mir aber leid, Frau Hansen!«, brachte sie entsetzt hervor.

»Alles gut, Frau von Zarow, ich werde jetzt mein Bein hochlegen und bedanke mich recht herzlich bei Ihnen.« Fenna schenkte ihr ein verkrampftes Lächeln und warf einen Blick über die Schulter zu Henning, der mit Arbeit beschäftigt war, jedenfalls tat er so. Auf sie wirkte es eher, als würde er einfach sinnlos durch einen Papierhaufen blättern. Fenna seufzte innerlich und machte sich auf den Weg zur Tür. Bloß schnell weg, dachte sie.

»Machen Sie eigentlich bei der Wahl zur Miss Norderney mit, Frau Hansen?«, schallte es von der älteren Dame zu ihr herüber.

»Ich?«, rief Fenna lauter, als sie wollte, und räusperte sich. Jetzt blickte Henning von seiner gefakten Arbeit auf und der Schalk tanzte in seinen blauen Augen. Ja, so etwas gefiel ihm. »Äh, nein?«

Frau von Zarow geriet sichtlich ins Schwärmen und sagte: »Sie sind so eine wunderschöne natürliche junge Frau! Sie würden sicherlich den ersten Platz machen. – Ich habe Kontakte zu einer Berliner Modelagentur, soll ich da mal für Sie nachfragen?« Die Dame meinte es tatsächlich ernst.

»Vielen Dank, aber ich habe schon einen Job. Schönen Tag noch!«, sagte die Polizistin und verschwand schnell.

Fennas kleine Dachwohnung lag nur wenige Minuten zu Fuß von der Polizeistation entfernt. In der Maybachstraße, mit direktem Blick auf den Friedhof von Norderney. Es war ein weißes Einfamilienhaus, das um die 1950er Jahre erbaut worden war, und die unteren zwei Etagen wurden später zu Ferienwohnungen umfunktioniert. In der kleinen Dachgeschosswohnung, die fünfundsechzig Quadratmeter umfasste und einen schmalen Balkon hatte, hatte jahrelang der Eigentümer gelebt, der leider verstorben war. Da fiel ihr ein Spruch von Otto Waalkes ein: Der Mann wohnt in einem wunderschönen

15

Haus gegenüber dem Friedhof – jetzt wohnt der Mann gegenüber dem schönen Haus. Der Komiker gehörte einfach zu Ostfriesland dazu, genau wie die raue See und die Inseln.

Auf dem Weg zur Wohnung stachen ihr einige Werbeplakate ins Auge, die auf die Wahl zur Miss Norderney hinwiesen, und die Worte von Frau von Zarow wiederholten sich in ihrem Kopf. *Machen Sie eigentlich bei der Wahl zur Miss Norderney mit, Frau Hansen?* Erstens würde sie nie, *nie* im Leben bei so einem Quatsch mitmachen! Zweitens dürfte sie es gar nicht, da es nur für Insulanerinnen galt. Und drittens besaß sie zurzeit gar keinen Bikini. Der lag nämlich in einer Altkleidertüte, die sie vor dem Umzug in einen der Spendencontainer entsorgt hatte.

Apropos Umzug: Als Fenna die Wohnungstür öffnete, fiel ihr Blick auf die nicht ausgepackten Kartons, die wild gestapelt in jedem Zimmer standen. Vielleicht sollte sie damit anfangen, immerhin war es erst nachmittags und ihre Schicht begann morgen um zehn Uhr. Genug Zeit, um einige Kartons zu leeren. Hm? Wo sollte sie denn am besten anfangen? Fenna entschied sich für die Küche. Aus dem Radio dudelten die neusten Hits. Fröhlich vor sich hin summend, nahm sie den ersten Karton in Angriff. Den Blumenstrauß hatte Fenna in einen kleinen pinken Putzeimer verfrachtet, den sie mit Wasser befüllte. Sie besaß keine einzige Vase. Den weißen Umschlag legte sie auf die Arbeitsplatte und wollte ihn erst später öffnen.

Nach einer Stunde waren die drei Kartons ausgepackt und deren Inhalt in die Küchenschränke verteilt. Jetzt stand hier nur noch eine Holzkiste. Darin befand sich ihre absolute Sammelleidenschaft: Kühlschrankmagneten. Ja, seit ihrem zehnten Geburtstag, den sie mit ihren Eltern auf Mallorca verbracht hatte, sammelte sie diese unnützen Gegenstände. Inzwischen hatte Fenna Hansen eine so große Anzahl, dass sie damit sicherlich fünfzig amerikanische Kühlschränke bestücken konnte. Kühlschrankmagneten gab es in jeder erdenklichen Farbe und Form. Kaffeetasse, Gummistiefel, Hund, Katze, Maus, Alpaka, Lippenstift, Inseln, Blumen, Colaflaschen, Muscheln, Flaschenpost, Matrosen, Meerjungfrauen, Autos, Raketen und so weiter und so weiter – Fenna besaß sie alle. Da aber nicht all ihre Raritäten an den Kühlschrank passten, hatte sie sich zehn silberne Magnettafeln gekauft, die an die Wand kamen, sodass sie dort mit Stolz ihre Ausbeute präsentieren konnte. Leider hing noch

16

keine einzige Tafel an der Wand und somit mussten ihre Lieblinge noch etwas Zeit in der sicheren Holzkiste verbringen.

Da fiel Fenna siedend heiß ein: Sie hatte gar keinen Hammer und Nägel, um die Tafeln überhaupt an die Wand zu bringen! Ach, Hoschi hatte ganz bestimmt einen, oder Henning – das würde sie gleich morgen früh mit einem der Männer klären. Ihr Blick fiel auf den weißen Umschlag – den hatte sie ganz vergessen. Sie nahm ihn und schnitt ihn mit dem Obstmesser auf. Als Fenna sah, wie viel Scheine drin waren, wurde ihr heiß und kalt zu gleich! Sie riss den Mund auf und machte vor Schrecken einen Schritt zurück, stieß gegen die Holzkiste, worauf sie taumelte und an die Tischkante prell-te, die genau in der Höhe der Wunde lag. Ein stechender Schmerz durchfuhr ihr linkes Bein und sie presste die Lippen zusammen. Inzwischen hatte die Betäubung nachgelassen. In der nächsten Sekunde klingelte ihr Smartphone, und an dem Lied *Mamma Mia* erkannte sie, dass es ihre Mutter war. Fennas Mutter hasste ABBA und sie hieß es auch nicht gut, dass ihre Tochter gerade *dieses* Lied für ihre Anrufe auserwählt hatte. Fenna griff zum Telefon, holte mehrmals tief Luft, bis der Schmerz nachließ, und meldete sich. Ihrer Mutter würde sie auf keinen Fall von der Messerattacke berichten, sie starb eh schon tausend Tode, weil Fenna Polizistin geworden war. Frau Hansen senior hätte Fenna lieber als Pastorin gesehen, so wie ihr Vater ein Pastor war. Er leitete eine kleine Gemeinde in der Nähe von Emden. In ihren Augen war Fenna von Gottes Weg abgekom-men. Ihr Vater hingegen fand es klasse, dass sie zur Polizei gegangen war, er sagte, es wäre ein anderer Weg, Gutes zu tun. Seinen Segen hatte sie somit.

Ihre Mutter erkundigte sich, wie es ihrer Tochter hier gefiel und wie ihre ersten Arbeitstage verlaufen waren. Nachdem die Kommissarin ihr mehrfach versichert hatte, dass alles in Ordnung sei und es hier keine Massenmörder oder Serienkiller gab, verabschiedeten sie sich.

Das Telefon legte Fenna neben den Umschlag, in dem sich fünfhun-dert Euro Finderlohn befanden.

Verrückt! Sie würde gleich morgen Henning fragen, wo und für wen sie das Geld am besten spenden konnte. Fenna wollte es auf keinen Fall behalten.

Nach dem anstrengenden freien Tag ging sie früh zu Bett. Zwei Ibuprofen ließen ihre Schmerzen verschwinden und sie schlief schnell ein.

17

3. Kapitel

Am nächsten Morgen verspürte Fenna einen innerlichen Drang, unter die Dusche zu hüpfen. Da sie aber keine Frischhaltefolie vorrätig hatte, um die Wunde abzukleben, musste sie mit dem altbewährten Waschlappen vorliebnehmen. Nach der getanen Katzenwäsche frühstückte sie, schlüpfte in ihre Uniform und machte sich auf den Weg zur Wache. Als sie die Tür nach sich geschlossen hatte und im Freien war, nahm sie einige tiefe Atemzüge, und ein zufriedenes Lächeln legte sich auf ihrem Gesicht nieder. Ein neuer Tag, eine neue Chance. Fenna Hansen versuchte nicht mehr an die gestrige Messerattacke zu denken und marschierte los.

Norderney war die zweitgrößte ostfriesische Insel und hatte sich in den letzten Jahren zu einer *der* Partyinseln schlechthin gemausert. Wenn man einer Studie Glauben schenken durfte, hatte sich dieses Eiland in der Beliebtheitsskala vor Sylt gesetzt – und das sollte schon was heißen! In der Hochsaison tummelten sich täglich Tausende Gäste auf der sechsundzwanzig Quadratkilometer großen Insel, und mit mehreren Millionen Übernachtungen pro Jahr herrschte hier teilweise der Ausnahmezustand. Obwohl Fenna erst ein paar Tage das Inselflair kannte, war sie von Anfang an von der Atmosphäre, die hier herrschte, begeistert. Es gab alles, was ihr Herz begehrte. Viele unterschiedliche Geschäfte luden zum Bummeln ein, das kulinarische Angebot ließ ebenfalls keine Wünsche offen, es gab sogar ein kleines Casino und den Rosengarten mit der kleinen Bühne, auf der in der Hochsaison fast jeden Abend etwas aufgeführt wurde. Ganz zu schweigen von all den Freizeitangeboten und den kulturellen Programmen, die hier angeboten wurden. Hinzu kam, dass die Fähre ab Norddeich-Mole nur dreißig Minuten benötigte, um Norderney zu erreichen, oder die wohlbetuchten Herrschaften bevorzugten das Flugzeug. Und: Hier waren Autos erlaubt – zwar nicht in allen Bereichen, aber dennoch brachten viele Gäste ihren Wagen mit. Die hiesige Polizeistation verfügte über zwei Einsatzfahrzeuge, einige Fahrräder und seit Neustem sogar über zwei E-Scooter. In den Monaten April bis Ende Oktober unterstützten Kollegen vom Festland die Polizeistation. Das feste Personal bestand aus Hauptkommissar Theo Wiemer, Hoschi, Henning, Timo Klein, Ben Frickenschmitt und ihrer Wenigkeit. Brunhilde Wiemer, die Frau vom Chef, war als Verwaltungsangestellte auf der Station tätig. Sie wurde von allen

18

Bruni genannt und kam drei Mal die Woche. Sie kümmerte sich um Bestellungen jeglicher Art und versorgte alle mit ihren persönlichen Kochkünsten. Jetzt wunderte es Fenna auch nicht, dass Theo einen nicht zu übersehbaren Bauchansatz hatte. Seine Frau kochte einfach zu gut.

Als Fenna Hansen die Wache betrat, standen einige junge Frauen an dem Tresen, und sie konnte aus dem Gespräch, das die Damen mit Hoschi führten, heraushören, dass sie bestohlen worden waren. Ah, also treiben sich hier noch mehr Taschendiebe herum, dachte sie und begab sich an ihren Schreibtisch.

»Moin Fenna, wie geht es deiner Wunde?«, erklang die Stimme von Henning. Er kam aus der Küche und hielt eine dampfende Tasse Kaffee in der Hand. Heute wirkte er nicht mehr so grimmig.

»Moin! Danke, alles gut so weit. Zum Glück hat meine Mutter darauf bestanden, dass ich einige ihrer Waschlappen einpacke – Katzenwäsche muss für heute reichen.«

Henning versteckte sein Schmunzeln hinter der großen Tasse, dann fragte er seine Kollegin: »Möchtest du auch einen Kaffee?«

»Kaffee geht immer!«

Er stellte den Pott vor sich ab, und diesmal konnte sie sein schelmisches Grinsen sehen. »Dann hol dir einen, Hoschi hat frischen gemacht.«

Fenna streckte ihm spaßeshalber die Zunge heraus und stand auf. Henning war ein typischer Friesenjunge. Er war groß, hatte eine sportliche Figur und dunkelblondes etwas längeres Haar, das durch einen akkuraten Schnitt gepflegt aussah, genau wie sein Sieben-Tage-Bart. Da er schon etwas länger auf Norderney war und den Insulanern bis jetzt ein großartiger Sommer beschert wurde, war er leicht gebräunt, wodurch seine graublauen Augen hervorstachen. Irgendwie erinnerte Henning sie an einen Wikinger. Über diesen Gedanken musste sie schmunzeln. Ja, ihr Kollege war schon ein echter Hotti und es wunderte sie, dass er solo war. Als Fenna mit ihm in Emden auf Streife fuhr, hatte sie versucht, etwas über sein Privatleben in Erfahrung zu bringen, doch Henning war in dieser Hinsicht verschlossen. Von einem damaligen Kommissar hatte sie erfahren, dass Henning verlobt gewesen war, aber es kam zur Trennung. Die helle Hautstelle am rechten Ringfinger war noch immer leicht zu erkennen.

19

Fenna goss sich Kaffee ein und schlenderte zurück zum Schreibtisch. Sie beugte sich zu Henning und fragte mit leiser Stimme: »Was soll ich denn jetzt mit dem Finderlohn machen?«

Hennings Aufmerksamkeit galt seinem Monitor, und er sah sie nicht an, als er ihr eine Antwort gab: »Du hättest es erst gar nicht annehmen sollen.«

Fenna Hansen seufzte genervt und umklammerte den Pott. »Jaa, ich weiß – aber was hätte ich denn machen sollen? Ich wollte Frau von Zarow nicht enttäuschen und der Boss ist mir doch auch in den Rücken gefallen. Also? Ich will es nicht behalten, sondern spenden. Hast du eine Idee an wen?«

»Hoschi braucht eine neue Sommerjacke – hat er mir gestern noch erzählt«, brachte er mit trockenem Humor hervor.

Die Kommissarin rollte theatralisch mit den Augen. Manchmal brachte Henning sie mit seiner stumpfen Art zur Weißglut. »Ich werde schon was finden. Danke – für gar nichts, Herr Kommissar!«

Wieder grinste er lausbubenhaft.

»Ah, moin Fenna! Wie geht es dir?« Theo Wiemer trat aus seinem Büro und blieb bei der Kollegin am Schreibtisch stehen. »Hast du noch Schmerzen?«

»Moin – nein, alles in Ordnung.«

Er nickte und sah sie neugierig an. »Und? Hast du dir schon was Schönes vom Finderlohn gegönnt?«

Als Henning die Frage hörte, musste er husten, da er sich an dem Schluck Kaffee verschluckt hatte, der sich in seinem Mund befand. Diesmal schenkte Fenna ihm ein schadenfrohes Lächeln und schaute zum Hauptkommissar auf. »Nein, keine Zeit gehabt.«

»Es ist illegal!«, haute Henning mit rauer Stimme heraus, und genauso blickte er den Hauptkommissar und seine Kollegin an.

Theo Wiemer trat näher und schaute sich nach allen Seiten um, ob jemand seinen Worten lauschen konnte. Dann senkte er die Stimme. »Ach, man muss auch mal fünfe gerade sein lassen, nicht wahr? Immerhin hast du an deinem freien Tag dein Leben aufs Spiel gesetzt.«

»Und sich meinem direkten Befehl widersetzt!«, fügte Henning strafend hinzu.

Die tadelnden Worte des Polizisten wurden vom Hauptkommissar stumpf ignoriert. Zum Glück wurde Theo Wiemer von Hoschi zu

20

sich gerufen und bei Henning klingelte das Telefon, somit brauchte Fenna keinem der beiden eine Antwort zu geben.

Der Vormittag verging ratzfatz, da Henning und sie zu Fuß ihren Kontrollgang durch den Stadtkern absolvierten. Die Beamten wurden von vielen Kindern angesprochen und ausgefragt. Ob sie schon Personen verhaftet hatten, ob es ein Gefängnis auf Norderney gab, wie viele Einsatzfahrzeuge die Polizei hatte und ob sie die Beamten auf der Polizeistation besuchen dürften. Ein Junge traute sich und wollte von den beiden wissen, ob sie schon mal eine Leiche gefunden hatten. Henning und Fenna konnten dies zum Glück verneinen.

Doch das sollte sich schneller ändern, als ihr lieb war.

Es war kurz nach neunzehn Uhr, als auf der Polizeistation ein Anruf einging, den Fenna Hansen annahm. Ein Mann teilte ihr mit aufgeregter Stimme mit, dass er eine weibliche Leiche im Gebüsch auf der Bürgermeisterwiese entdeckt hatte, beziehungsweise sein Hund hatte den leblosen Körper erschnüffelt. Die Kommissarin beruhigte den Anrufer und teilte ihm mit, dass die Polizei in wenigen Minuten vor Ort sei und er nichts verändern oder berühren sollte. Henning kam von der Toilette, und da seine Kollegin einen seltsamen Gesichtsausdruck machte, stutzte er und fragte: »Hast du einen Geist gesehen, oder warum schaust du so entsetzt?«

»Wir haben eine Leiche. Auf der Bürgermeisterwiese im Gebüsch.« Die Gefühle von Entsetzen und Faszination kämpften in ihr. Fenna Hansen hatte bis zum heutigen Tag noch keine Leiche gesehen. Nun ja, außer die verstorbenen Gemeindemitglieder, für deren Trauer- und Grabreden ihr Vater zuständig gewesen war. Aber die meisten Särge waren verschlossen, und die Personen, die in der Kirche zum Abschied aufgebahrt wurden, wirkten friedlich, so als hätten sie tief und fest geschlafen. Eine Leiche im Dienst zu sehen, war sicherlich eine ganz andere Hausnummer. Aber es gab immer ein erstes Mal.

Petersen fackelte nicht lang und schnappte sich die Autoschlüssel. »Nimm den Tatortkoffer mit, wir müssen Beweise sichern und Fotos vom Tatort machen. Sag Ben und Timo Bescheid, die beiden haben Spätschicht. Sie sollen sich um alles Weitere kümmern.«

Fenna sprang vom Stuhl auf und erledigte die Aufgaben, die ihr Vorgesetzter ihr erteilt hatte. Kurze Zeit später saß sie neben Henning im Wagen und sie fuhren zur Bürgermeisterwiese. Ein älterer

21

Herr winkte ihnen zu, als die Beamten das Einsatzfahrzeug abgestellt hatten und zur Wiese gingen. Der Mann hatte einen Golden Retriever bei sich. Es war genau derselbe ältere Herr, der Fenna gestern am Strand auf ihre Wunde angesprochen hatte. Da sie jetzt in Uniform vor ihm stand und nicht mit einer blutgetränkten Jogginghose, schien er die Polizistin nicht zu erkennen, was sie beruhigte. Fenna war der gestrige Vorfall doch etwas peinlich. Aber anscheinend erkannte der Hund sie wieder, denn er kam auf sie zugetapert, wedelte erfreut mit der Rute und schnüffelte an ihrem verletzten Bein. Hunde hatten, wie bereits der Allgemeinheit bekannt war, eine sehr gute Spürnase. Sicherlich konnte er das Pflaster und das Jod riechen. Der Mann zog den Hund an der Leine zurück.

»Hallo, dann sind Sie Herr Hagemann? Mein Name ist Fenna Hansen und das ist mein Kollege Petersen. Wir haben miteinander telefoniert«, begann die Kommissarin das Gespräch. »Wo liegt denn die Frau?« Sie zog sich Handschuhe über.

Herr Hagemann band seinen Hund zur Sicherheit an der Parkbank fest. Als er sich ein paar Meter entfernte, begann der Golden Retriever zu jaulen. »Ach, Trude, ich komme doch gleich wieder!«, redete Herr Hagemann der Hundedame gut zu. »Mach schön Platz!« Trude hörte aufs Wort, schnaufte und setzte sich auf ihre Hinterbeine. Der Mann lief auf einen dicken Busch zu und zeigte mit dem Finger in die Richtung. »Dahinter liegt sie. Ich möchte nicht noch mal näher hin, ist das in Ordnung?«

Fenna nickte und bemerkte erst jetzt, dass die Hände von Herrn Hagemann zitterten und er im Allgemeinen blass aussah. Kein Wunder – wer war schon scharf darauf, eine Leiche zu finden. »Natürlich. Gehen Sie zu meinem Kollegen, er nimmt Ihre Personalien auf. Danke!« Herr Hagemann schien erleichtert zu sein und machte auf dem Absatz kehrt. Ein Blick zurück signalisierte ihr, dass Ben und Timo zur Unterstützung eingetroffen waren. Während Ben sich um den Zeugen kümmerte, kamen Henning und Timo zu ihr. »Moin Fen! Was habe ich gehört, jemand hat dir gestern ein Messer in das Bein gerammt?«, begrüßte Timo seine Kollegin und sah sie besorgt an.

»Moin Timo, ja – alles gut. Ist zum Glück kein tiefer Schnitt gewesen«, antwortete sie und bog einen dicken Zweig zur Seite. Da lag sie. Fenna war im ersten Moment überrascht, denn die junge Frau trug ein Schneewittchenkostüm – seltsam. Karneval war längst vorbei und wurde hier im Norden gar nicht zelebriert, und für Halloween war es eindeutig zu früh. Vielleicht ein Junggesellinnenabschied? Sie selbst musste Anfang des Jahres bei einem mitmachen und fand es grauenhaft. In der Mädelsgruppe mussten alle ein albernes Kostüm tragen, hinzu kam, dass sie irgendwelchen Mist an den ›Mann‹ bringen mussten. Kondome, Lollis, Schnaps, kleine Chipstüten und sonst was für einen Schrott trug die zukünftige Braut in einem Bauchladen durch die Emder Innenstadt. Der Abend wurde erst lustig, als die Sippe eine Kneipe ansteuerte und dort bis in die frühen Morgenstunden versackte. Die Kommissarin nahm einen tiefen Atemzug und konzentrierte sich auf das Opfer. Sie schätzte die Frau auf Mitte zwanzig. Soweit die Beamtin das beurteilen konnte, sah das Opfer sehr hübsch aus. Ihre Haut war ebenmäßig hell, ihre schwarzen langen Haare waren leicht gelockt und fielen ihr sanft über die schmalen Schultern. Ihr Aussehen passte hervorragend zum Kostüm, als wäre Schneewittchen frisch aus dem Märchenbuch entsprungen. Die Frage war, ob es einen bösen Zwerg gab oder eine böse Königin.

23

4. Kapitel

»Hast du den Mistkerl denn wenigstens wegsperren können?«, richtete Timo die Frage an Fenna.

Henning antwortete: »Das habe ich dann übernommen. Er wurde bereits gestern aufs Festland nach Norden überführt.«

Ihr entging nicht der zynische Unterton ihres direkten Vorgesetzten, das konnte sie sich bestimmt noch weitere vier Wochen unter die Nase reiben lassen. Fenna schob die unschöne Vorstellung beiseite und konzentrierte sich auf die Leiche. »Wie es aussieht, wurde sie mehrmals mit einem harten Gegenstand auf den Schädel geschlagen.« Sie deutete auf den starken Blutfluss, der über die linke Gesichtshälfte lief und teilweise schon getrocknet war. Ihr Blick schweifte durch die nähere Umgebung, doch sie konnte so schnell keinen passenden Gegenstand entdecken.

Henning hatte die Kamera aus dem Tatortkoffer hervorgeholt und begann, alles festzuhalten. »Fällt dir sonst noch was auf?«

Um sich einen besseren Überblick zu verschaffen, stand die Beamtin auf und wich einige Schritte von dem Opfer. So erhielt sie eine andere Perspektive. »Der Täter oder die Täterin hat zuerst auf den Hinterkopf geschlagen, und dann hat das Opfer sich umgedreht und die anderen Schläge trafen sie direkt vorne und an der Seite. Die Tatwaffe könnte ein dicker Ast oder ein Stein gewesen sein. Sie trägt ein Schneewittchenkostüm. Da es für Halloween zu früh und Karneval längst vorbei ist, gehe ich von einem Junggesellinnenabschied aus.«

»Das würde passen, hier finden immer mehr solcher Abschiede statt. Mallorca ist den meisten zu teuer geworden oder die Zukünftige oder der Zukünftige verliebt sich auf der Sonneninsel in eine andere Person«, bestätigte Timo ihre Aussage, worauf Henning ihn skeptisch ansah.

»Sprichst du da etwa aus Erfahrung?«

Timo zog eine Grimasse und antwortete: »Nee, ist meinem Freund passiert. Wir waren am Ballermann und da hat er sich in eine Go-Go-Tänzerin verliebt, die im *Mega-Park* arbeitete.«

»Autsch!«, brachte Fenna mit einem schiefen Grinsen hervor und fuhr mit ihrer Beobachtung fort. »Sie trägt aber keinen Verlobungsring, was gegen einen Junggesellinnenabschied spricht.«

Henning warf ein: »Kann der Täter mitgenommen haben.«

24

Fenna bückte sich und berührte die rechte Hand der Toten. Sie war noch leicht erwärmt, worauf Fenna ein kalter Schauer über den Rücken lief. »Ich kann aber keinen Ringabdruck erkennen, den müsste sie haben, wenn dort einer gesessen hätte. Oder sie ist nicht die zukünftige Braut selbst, sondern gehörte zur Gruppe, die gemeinsam unterwegs war.«

»Was noch?«, forderte der Kommissar von ihr.

»Ihr fehlt der Nagel vom rechten Mittelfinger. Sie muss sich gewehrt haben.« Die Polizistin erhob sich aus der knienden Position und fügte hinzu: »Und sie hat keine Handtasche bei sich.«

»Müsste sie nicht einen Korb bei sich haben wie im Märchen?«, witzelte Timo trocken.

»Sie ist doch nicht Rotkäppchen, sondern Schneewittchen – da können wir nur hoffen, dass die sieben Zwerge den Mord nicht begangen haben«, klärte Fenna ihren Kollegen auf und schüttelte anklagend den Kopf.

Timo hob entschuldigend die Hände. »Sorry, bei Märchen bin ich raus, ich habe als Kind lieber *TKKG* und *Die drei ???* gelesen«, verteidigte er sein Nichtwissen.

»Und, Henning, was waren deine Jugendbücher?«, wollte sie von ihm wissen. Wie schon erwähnt, Henning war in dieser Hinsicht eher der Geheimnisvolle. Das war die Gelegenheit, etwas aus seinem Privatleben in Erfahrung bringen zu können. Wie schon in Emden ging er ihren neugierigen Fragen jedoch geschickt aus dem Weg und sagte tonlos: »Ich war immer draußen.«

Den enttäuschten Seufzer verkniff Fenna sich und auch eine passende Bemerkung, da Ben zu ihnen stieß. Er klärte seine Kollegen über die Zeugenaussage von Herrn Hagemann auf. »Ich habe auch den Doc informiert, er muss gleich da sein.«

»Dann streife ich mal durch das Gebüsch, vielleicht finde ich die Tatwaffe«, informierte Fenna die Gruppe.

»Pass auf, dass du keine Spuren zerstörst«, ermahnte Henning Fenna streng.

»Ich bin keine blutige Anfängerin!«, entgegnete sie mit einem sauren Lächeln auf den Lippen und ärgerte sich in der nächsten Sekunde, das Wort *blutige* in dem Zusammenhang erwähnt zu haben.

Henning nahm die Äußerung zu gerne an und sagte mit fester Stimme: »Das, meine Liebe, sah gestern aber ganz anders aus!«

25

Wenn die beiden anderen Kollegen nicht anwesend gewesen wären, hätte Fenna sich auf ihren Vorgesetzten gestürzt und ihn zu Fall gebracht – aber sowas von! Jetzt schenkte sie ihm ein fieses Grinsen und verschwand hinter dem Gebüsch. Vorsichtig setzte sie einen Fuß vor den anderen und suchte mit Argusaugen nach Hinweisen. Ihr Kollege hatte schon recht, der Tatort war sehr wichtig und sehr vorsichtig zu behandeln. Bei den meisten Mordfällen hinterließ der Täter Spuren, die ihn letztendlich zur Strecke brachten.

Als Fenna so vor sich hin schlenderte, hörte sie eine weitere Männerstimme, die nicht zu ihren hier anwesenden Kollegen gehörte, ihr aber dennoch bekannt vorkam. Hoschi war es nicht. Sein Organ war tief und laut. Egal. Vor ihr lag ein blauer Ball – nun, das war garantiert nicht die Mordwaffe. Aber an dem Ball konnte Fenna etwas Rotes erkennen und schaute genauer hin. Das war eindeutig Blut. Daraufhin suchte die Kommissarin die nähere Umgebung ab und fand tatsächlich die Mordwaffe. Ein dicker Stein lag circa dreißig Zentimeter neben dem Fußball in einem Grasbüschel. Der Täter musste den Stein weggeworfen und damit zufällig den Ball getroffen haben. »Ich habe die Mordwaffe!«, rief sie in die Richtung, in der die Kollegen standen. Es dauerte keine fünf Sekunden und zwei kamen bei ihr an.

»Wo?« Henning stellte sich neben Fenna und ließ seinen Blick über den Boden gleiten.

Sie zeigte zum Grasbüschel. »Da. Und an dem Ball ist Blut.«

Ihr Vorgesetzter nickte ihr anerkennend zu und machte Fotos. Ben notierte alle wichtigen Details.

»Fußabdrücke können wir vergessen, hier ist der Boden so trocken und stellenweise von Gras bewachsen. Außerdem stromern hier viele Leute im Gebüsch herum.« Der Boden war übersät mit den unterschiedlichsten Schuhabdrücken.

»Schau nach, ob du irgendwelchen Müll findest. Vielleicht hat der Täter sein Kaugummi ausgespuckt oder Bonbonpapier weggeworfen, oft findet man an solchen Gegenständen noch brauchbare DNA-Spuren«, gab Timo ihr den Tipp.

Der Polizistin lag wieder der Satz mit der blutigen Anfängerin auf den Lippen, doch sie schluckte ihn hinunter und suchte akribisch nach Müll. Zu ihrer positiven Verwunderung fand sie kein einziges Stück Papier oder andere Hinterlassenschaften. »Hier ist nichts!«

»Gut, dann geh zu Ben und dem Doc«, ordnete Henning an.

Gesagt, getan.

Als Fenna bei dem Opfer ankam, kniete bereits der Arzt über der Person, und sie traf der Schlag, als er sich aufrichtete und sie mit seinen braunen warmen Augen ansah. »Moin, Kommissarin Hansen, wie geht es der Wunde?«

»Dr. Perick, moin! Danke, also – ja, alles in Ordnung! Alles gut!«, stammelte Fenna wie ein verliebter Teenager und schenkte dem Arzt ein schüchternes Lächeln. Sie war sonst überhaupt nicht schüchtern, ganz im Gegenteil! Ihre Mutter hatte sich während ihrer Kindheit oft die Haare gerauft, da ihre Tochter nur Flausen im Kopf hatte und viel zu quirlig war. Fennas Vater liebte ihre offene Art. Sie hatte regelmäßig seine Gemeinde während des Gottesdienstes mit lebhaften Geschichten aus dem Alltag unterhalten. Außerdem kannte Fenna fast alle Otto-Waalkes-Witze auswendig. Ihr Favorit war: 28:7.

Dr. Perick schenkte der Kommissarin ein offenes Lächeln und fuhr in seiner Arbeit fort. »Sie ist höchstens seit einer Stunde tot. Todesursache: massive Kopfverletzungen, die zum Tod geführt haben. Genaueres wird die Obduktion ergeben.« Er griff in seine Jackentasche, holte sein Telefon hervor und rief im Krankenhaus an. »Ich benötige sofort einen Wagen zur Bürgermeisterwiese. … Ja, danke!«

Henning und Timo erschienen. Timo hatte bereits das Absperrband in der Hand und begann den Bereich abzugrenzen, in dem das Opfer lag. »Moin Sven! Und? Kannst du schon was Genaues sagen?«, fragte Kommissar Petersen den Doc.

Oha! Die beiden kannten sich also.

»Moin Henning!« Sven Perick wiederholte ihrem Vorgesetzten gegenüber genau das, was er ihr gerade mitgeteilt hatte. »Wisst ihr denn schon, wer die Tote ist?«, richtete Sven die Frage an die Polizisten.

»Nein, sie hat keine Papiere bei sich. Und warum trägt sie ein Schneewittchenkostüm?« Die Frage stellte Fenna sich schon, seitdem sie das Opfer gesehen hatte.

»Gehört sie vielleicht zu einem Junggesellinnenabschied?«, schlug der Doktor vor.

»Die Idee hatten wir auch schon«, bestätigte Fenna.

Sven rieb sich das Kinn und betrachtete die Frau. »Ihr fehlt auch ein Fingernagel, sicherlich hat sie sich gewehrt. Habt ihr den Nagel schon gefunden? Darunter könnten sich wichtige DNA-Spuren befinden.«

27

»Noch nicht«, beteuerte die Kommissarin.

»Wir werden ihn suchen – er muss eigentlich hier irgendwo liegen«, meinte Henning.

»Viel Erfolg, ich muss wieder zurück ins Krankenhaus. Es kommt gleich das *Bestattungsinstitut Pingel* und holt die Leiche ab. Die werden sich um den weiteren Transport kümmern. Sie wird erst morgen früh nach Oldenburg gebracht.« Der Arzt schaute Fenna Hansen mit funkelnden Augen an, oder bildete sie sich das nur ein? Er hob die Hand und eilte zu seinem Auto.

Henning grinste seine Kollegin seltsam an und sagte: »Ich glaube, unser Arzt hat ein Auge auf dich geworfen.«

»Was? Quatsch! Er hat gestern meine Wunde behandelt«, erwiderte sie und fügte in einem resoluten Ton hinzu: »Ich kenne den Doc gar nicht.« Und bevor Henning noch seinen weiteren Senf dazugeben konnte, drehte sie sich flink um und machte sich auf die Suche nach dem roten Fingernagel. Nach zwanzig Minuten fand Ben ihn. Das Seltsame war: Der Nagel lag überhaupt nicht in der Nähe der Leiche, sondern auf dem Schotterweg, circa zehn Meter entfernt. Das Beweisstück wurde eingetütet und die Leiche war in der Zwischenzeit vom hiesigen *Bestattungsinstitut Pingel* abgeholt worden.

Somit machte sich die Gruppe auf den Rückweg zur Polizeistation. An Feierabend war nicht zu denken, denn der ganze Papierkrieg lag noch vor ihnen. Da jeder konzentriert arbeitete, war diese Aufgabe schnell erledigt und gegen zweiundzwanzig Uhr verabschiedeten sich die Kollegen und verließen die Station in alle Himmelsrichtungen.

5. Kapitel

Fenna Hansen lehnte sich gegen die geschlossene Wohnungstür und atmete tief durch, vor Augen die junge Frau, die viel zu früh die Welt hatte verlassen müssen, und den gutaussehenden Doktor. Hatte Sven Perick sie tatsächlich verliebt angesehen, so wie Henning es ihr gesagt hatte? Ach was! Ihr Vorgesetzter hatte sich bestimmt wieder einen schlechten Scherz erlaubt. Dass er einen trockenen Humor besaß, hatte sie sehr schnell herausgefunden. Henning war eher der ruhige, sachliche Typ, ging immer nach Vorschrift und tat sich sehr schwer damit, mal fünfe gerade sein zu lassen – wie in der Angelegenheit mit dem Finderlohn. Henning war der harte Polizist, aber fair und gerecht. Auf ihn konnte sie sich zu hundert Prozent verlassen. Ja, und er hatte ihr in der kurzen Zeit, in der sie zusammen auf Streife waren, einige Male den Hintern gerettet und zu ihr gehalten. Das rechnete sie ihrem Partner hoch an. Obwohl sie Mist verzapft hatte, hielt er zu ihr, genau wie jetzt, als sie sich dem Befehl widersetzt hatte. Er rieb es ihr dann zwar oft unter die Nase, aber sie wusste, dass er es nicht wirklich böse meinte. Ihm machte es Spaß, sie als Greenhorn aufzuziehen. Henning Petersen war schon echt ein feiner Kerl, und er war so eine Art Ersatzbruder für Fenna. Ihr Bruder Silas war sechs Jahre älter und lebte nach seinem Studium in den USA, in der Stadt Phoenix. Dort war er als Anwalt tätig, hatte Frau und drei Kinder. Sie vermisste ihn sehr, denn Silas war stets ihr Beschützer gewesen, und diese Rolle übernahm jetzt Henning.

»Jetzt versinke mal nicht in totaler Melancholie«, sagte Fenna zu sich, löste sich von der Tür und ging ins Bad. Die Uniform tauschte sie gegen eine bequeme Jogginghose und T-Shirt. Als sie die Küche betrat, fiel ihr Blick auf die zehn Metallplatten, die auf dem Boden standen. Verdammt! Sie hatte doch die Männer nach einem Hammer und Nägeln fragen wollen.

Egal. Fenna machte sich noch eine Kleinigkeit zu essen und zappte durch das Fernsehprogramm. Es dauerte nicht lang und die Müdigkeit umhüllte sie mit sanften Armen und sie ging zu Bett.

Und verschlief doch tatsächlich. Das Weckerklingeln war anscheinend nicht bei ihr angekommen. Wie von der Hornisse gestochen, sprang Fenna aus dem Bett, machte sich fertig und eilte ohne Kaffee zur Polizeistation. »Moin!«, rief die Polizistin in den offenen Raum, obwohl sie niemanden entdecken konnte. Sie brauchte erst einmal

29

einen Kaffee und suchte die kleine Küche auf. »Du bist zehn Minuten zu spät, Fräulein!«, tadelte sie die raue Stimme von Henning, worauf sie sich erschrocken umdrehte. Er stand versteckt hinter der Tür und hielt einen heißen Pott Kaffee in der Hand.

»Jaaaa …«, gab sie genervt von sich, schnappte sich eine Tasse und goss sich das koffeinhaltige Getränk ein. »Und? Gibt es schon was Neues?«, lenkte sie von ihrem Zuspätkommen ab.

»Wir wissen, wer das Opfer ist.«

Fenna sah ihn aus großen Augen an. »Echt? Und wer?« Henning verließ die Küche und sie folgte ihm. »Na, sag schon. Wer ist die junge Frau?« Henning strafte sie mit Schweigen und schlürfte genussvoll an seinem Kaffee. Fenna setzte sich und rollte theatralisch mit den Augen. »Es waren lächerliche zehn Minuten!«

»Was waren lächerliche zehn Minuten? Moin, zusammen!« Hauptkommissar Theo Wiemer trat aus seinem Büro und sah die beiden neugierig an.

»Fenna kam zu spät zum Dienst«, verpetzte ihr Kollege sie und schenkte ihr über den Rand der Tasse ein böses Grinsen.

Fenna wollte gerade etwas erwidern, als Wiemer die Worte mit einer laschen Handbewegung verscheuchte. »Ach Henning, was sind schon zehn Minuten? Ist uns allen doch schon mal passiert, oder? – Kümmert ihr euch um die Misswahl-Angelegenheit?«

Die Kommissarin wurde hellhörig und fragte: »Misswahl-Angelegenheit?«

Der Hauptkommissar stutzte. »Hat Henning dich nicht informiert?«

Jetzt grinste sie ihren Kollegen böse an. »Nein?«

»Wäre sie pünktlich zum Dienst erschienen, wäre sie auf dem neusten Stand!« Henning wirkte unbeeindruckt und klärte sie auf. »Bei dem Opfer handelt es sich um die sechsundzwanzigjährige Paula Friese. Sie hat an der Wahl zur Miss Norderney teilgenommen. Eine weitere Teilnehmerin, Lisa Marie Heuer, war heute Morgen hier und hat Paula als vermisst gemeldet. Timo und Ben sind bereits bei Paulas Eltern gewesen.«

»Hat Frau Heuer erwähnt, warum Paula ein Schneewittchenkostüm anhatte?«, wollte Fenna wissen.

»Die sechs Teilnehmerinnen hatten gestern Nachmittag ein Fotoshooting auf der Bürgermeisterwiese – jede von ihnen trug ein Märchenkostüm«, klärte Henning sie auf.

30

»Na, dann – auf, auf! Ihr habt viele Zeugen zu befragen! Fangt am besten bei der Leiterin der Misswahl an, Frau Anne Schräder. Ihr findet sie im Hotel *Gezeiten*, in der Kaiserstraße, dort wird das Event durchgeführt.« Der Hauptkommissar spornte die Kommissare mit klatschenden Händen an und sagte: »Der Tag ist keine Woche, wie schnell ist nichts getan!«

Henning und Fenna tauschten amüsierte Blicke aus. Obwohl sie erst seit ein paar Tagen ihren Dienst auf der Insel absolvierte, hatte sie den Spruch schon tausendmal vom Boss gehört. Fenna trank den letzten Schluck Kaffee und erhob sich. »Los, alter Mann!«, zog sie den Kommissar auf. Henning war zehn Jahre älter als sie und an seinen Koteletten waren die ersten grauen Härchen sichtbar. Was Männer immer attraktiv aussehen ließ, während Frauen im mittleren Alter zu Haarfärbung und Botox greifen mussten – konnten.

Ihr Kollege stellte seinen Becher ab, schnappte sich die Wagenschlüssel und ging voran. »Alter Mann? Bei der nächsten Joggingrunde werde ich dir zeigen, wie fit der alte Mann ist!«

»Die Herausforderung nehme ich gerne an!«

Das *Gezeiten* lag direkt an der Strandpromenade und gehörte zu den größten Hotels, die es auf Norderney gab. Die Beamten stellten den Streifenwagen ab und marschierten durch die Lobby in Richtung Rezeption. Ein junger Mann begrüßte die Herrschaften freundlich. Auf seinem Namensschild stand Pascale. »Moin, was kann ich für Sie tun?«

Henning hatte seinen Dienstausweis gezückt und stellte beide vor. »Mein Name ist Petersen und das ist meine Kollegin Hansen, Inselpolizei. Wir möchten gerne mit Frau Schräder sprechen.«

»Frau Schräder finden Sie im Seerosen-Saal. Einmal den Flur entlang und dann der letzte Raum auf der rechten Seite«, gab Pascale die gewünschte Auskunft.

»Danke, Pascale!«, sagte Fenna freundlich und erhielt einen schmalen Blick vom Kommissar. »Was?«, raunzte sie ihn an und lief neben ihm her.

»Danke, Pascale!«, äffte er ihre Worte mit piepsiger Stimme nach.

»Ich bin eine freundliche Kommissarin – du bist eher die Kategorie grummeliger Seebär«, teilte sie aus.

»Alter Mann, grummeliger Seebär, was fällt dir denn noch zu mir ein?« Er zog eine Braue hoch und sah sie fordernd an.

31

Fenna holte hörbar Luft und sagte: »Das willst du gar nicht wissen.«

Die Beamten erreichten zum Glück den Seerosen-Saal und somit brauchte Fenna keine weiteren pikanten Spitznamen aufzuzählen. Ehrlich gesagt, wusste sie auch keinen mehr.

Eine kleine Bühne war zu sehen und ein Laufsteg, der einige Meter ins Innere führte. Drumherum waren Stühle für Zuschauer aufgestellt, und an einem Tisch, der rechts neben der Bühne stand, saß die Jury – die anwesend war und sich in einer hitzigen Diskussion befand, jedenfalls hörte es sich so an. »Moin zusammen!«, rief die Kommissarin in das Stimmengewirr, worauf der Wortschwall verebbte und drei Personen die Beamten aus großen Augen anstarrten.

»Endlich lassen Sie sich blicken!«, raunzte die einzige Dame der Runde die Beamten an. Das musste Frau Schräder sein. »Wann können wir denn weitermachen? Heute steht die Krönung der Gewinnerin an.«

Auf ihre Fragen ging Fenna nicht ein und sagte: »Mein Name ist Hansen und das ist mein Kollege Petersen, Inselpolizei. Dann sind Sie sicherlich Frau Schräder?« Die Dame nickte und die Kommissarin wandte sich an die zwei Herren. »Und Sie sind?«

Ein älterer Herr schnellte hervor und reichte ihr die Hand. »Ich bin Wilfried Lögering, der Hauptsponsor der Wahl und Besitzer des Hotels.«

»Oliver Koopmann, Jurymitglied«, stellte sich der zweite Mann vor. Er wirkte in ihren Augen leicht nervös, denn seine Lider zuckten und als er ihr seine Hand reichte, war die Innenfläche mit einem feinen Schweißfilm bedeckt. Fenna Hansen hielt sie noch ein paar Sekunden lang fest und wollte von ihm wissen: »Und was ist Ihre Aufgabe, Herr Koopmann?«

Er entzog sich ihrer Hand und wischte sie beiläufig an seinem Hosenbein ab. »Ich bin ebenfalls Sponsor und leite eine Versicherungsgesellschaft in Hamburg.«

Frau Schräder positionierte sich vor den Herrschaften und verschränkte die Arme. »Können Sie uns endlich aufklären, was mit Paula los ist?«

Henning und Fenna warfen sich überraschte Blicke zu. Die Polizisten waren davon ausgegangen, dass die Jury über den Tod von Paula Friese bereits aufgeklärt worden war. »Das ist typisch für Wiemer, der drückt sich immer davor, schlechte Neuigkeiten zu übermitteln«, säuselte Henning ihr ins Ohr.

32

Fenna räusperte sich. »Es tut uns leid, aber wir müssen Ihnen leider mitteilen, dass Paula Friese tot ist.«

Blankes Entsetzen war den drei Personen regelrecht ins Gesicht geschrieben. Frau Schräder schlug fassungslos die Hände vor ihr Gesicht. Herr Lögering ließ sich rücklings auf einen Stuhl sinken und schüttelte bestürzt den Kopf. Herr Koopmann war kreidebleich geworden und begann zu zittern. Die Kommissarin konnte sehen, wie ihm die Schweißperlen seitlich von der Stirn liefen. Ein Anzeichen von Angst oder Panik. Wusste er etwa mehr?

»Tot?«, kam es kaum hörbar über die Lippen von Herrn Lögering.

Henning brachte sich mit ein und sagte: »Sie wurde gestern Abend gegen achtzehn Uhr ermordet. Die Leiche wurde auf der Bürgermeisterwiese entdeckt. Wir haben erfahren, dass dort vorher ein Fotoshooting stattgefunden hat. War Paula Friese bei dem Shooting anwesend?«

Frau Schräder nickte und Fenna konnte Tränen in ihren blauen Augen schimmern sehen. Sie schluckte schwer und antwortete: »Ja … ja … es mussten alle Teilnehmerinnen zu dem Shooting. Es dauerte auch nicht lang. Von fünfzehn bis sechzehn Uhr, danach hatten alle Mädchen frei.«

Henning hatte seinen kleinen Notizblock hervorgeholt und hielt die Informationen schriftlich fest. »Hatten die Teilnehmerinnen untereinander Streit?«, wollte der Kommissar erfahren.

Die Leiterin schüttelte den Kopf. »Nein, sie sind alle sehr gut miteinander ausgekommen.«

Fenna stutzte über ihre Aussage, denn sie konnte sich sehr gut vorstellen, dass unter den sechs Teilnehmerinnen der absolute Zickenkrieg herrschte. Neid war immer allgegenwärtig, wenn es um schöne Frauen ging. Das hatte sie am eigenen Körper erleben müssen. Mit sechzehn Jahren wurde Fenna von einem Modelscout in Bremen entdeckt. Sie war dort auf Klassenfahrt. Zuerst tat sie den Mann als Spinner ab, doch als er ihr seine Visitenkarte gab und ihr Bruder im Internet recherchierte, stellte sich heraus, dass es die Modelagentur wirklich gab, und sie war eine sehr bekannte. Fennas Mutter war absolut dagegen, dass sie ihren Körper öffentlich zur Schau stellen wollte, aber ihr Vater fuhr mit ihr zu Probeaufnahmen und Fenna erhielt einige lukrative Aufträge. Doch schon nach kurzer Zeit merkte sie, wie hart das Business mit der Schönheit war, und stieg aus. Bei einem Casting, bei dem Fenna für eine Kosmetikfirma vorspre-

33

chen musste, erfuhr sie, was Neid alles anrichten konnte. Zwei weitere Bewerberinnen griffen sie verbal an und verschütteten extra ihren heißen Kaffee auf ihre Kleidung, damit sie beim Vorsprechen dreckig war. Fenna hatte den Auftrag trotzdem bekommen – aber der Vorfall war für sie das Zeichen gewesen, damit aufzuhören. Außerdem musste sie sich auf die Schule konzentrieren. Und jetzt auf den Fall.

»Es gab keinen Zickenkrieg unter den Teilnehmerinnen?«, gab die Kommissarin zu bedenken.

Frau Schräder stutzte sichtlich über ihre Äußerung, und bevor sie ihr antworten konnte, ergriff Herr Lögering das Wort: »Nun ja, als richtigen Zickenkrieg würde ich das nicht bezeichnen, aber es herrschte schon ein Konkurrenzkampf unter den Damen.«

Wusste sie es doch! »Gab es Damen, bei denen es extrem war?«

»Nein!«, preschte es aus Frau Schräders Mund hervor, worauf Herr Lögering sie aus großen Augen ansah, und ihr stante pede widersprach:

»Natürlich gab es die! Heike und Lena hatten Probleme mit Paula.«

»Hört, hört!«, sagte Henning stumpf.

»Wir benötigen eh alle Namen und Anschriften der Teilnehmerinnen, und auch Ihre Personalien müssen aufgenommen werden.« Fenna trat näher an die Herrschaften und streckte die Hand aus. »Darf ich dann um Ihre Ausweise bitten.«

»Sie glauben doch wohl nicht, dass jemand von uns … Paula umgebracht hat?«, kam es bestürzt über die Lippen von Frau Schräder.

Fenna blickte bestimmend durch die Runde. »Na ja, eine Person muss es ja gewesen sein. Fragt sich nur, wer?«

Henning sammelte die Papiere der Jurymitglieder ein und schrieb der Reihe nach alle Daten auf.

Plötzlich erklangen laute und aufgeregte Stimmen und fünf junge Frauen betraten den Saal. Sie blieben direkt vor der Kommissarin stehen und eine der Frauen schaute die Polizistin aus geweiteten Augen an. »Oh nein, ist was mit Paula passiert?« Die anderen vier Frauen blickten genauso entsetzt drein und flüsterten aufgeregt vor sich hin.

»Moin, und Sie sind?«, fragte Fenna die hübsche Brünette.

»Mein Name ist Lisa Marie Heuer, ich war heute Morgen bei Ihnen auf der Wache und habe Paula als vermisst gemeldet.«

34

Henning trat neben seine Kollegin. »Warum haben Sie Paula Friese als vermisst gemeldet? Hätten Sie sich nicht eh heute alle wiedergetroffen?«

Lisa Marie klemmte sich eine Haarsträhne hinter ihr Ohr und fuhr sich mit der Zunge über ihre rotgeschminkten Lippen. Fenna bemerkte sofort, dass das Mädel ihren Kollegen anschmachtete, der sich davon aber nicht aus der Ruhe bringen ließ. Henning wirkte wie ein Fels in der friesischen Brandung – bei ihm prallten alle Flirteinsätze eiskalt ab. Was Lisa Marie nicht bemerkte, und sie antwortete: »Wir wollten uns gestern Abend noch treffen, doch sie kam nicht. Ich habe sie mehrmals angerufen, sie ging nicht an ihr Telefon. Heute Morgen habe ich es dann sogar bei ihr zu Hause versucht, ihr Freund sagte mir, dass sie gar nicht nach Hause gekommen war.«

»Sie hatte einen Freund? Kennen Sie den Namen?«, fragte Fenna.

»Ich weiß nur, dass er Kai heißt und die beiden wohl schlimm Zoff miteinander hatten.« Lisa Marie gab die Auskunft an Henning weiter und klimperte mit ihren aufgeklebten Wimpern. Kein normaler Mensch hatte solch überdimensionale Wimpern! Die Frauen, die vor Fenna standen, hatten eh kaum etwas Natürliches an sich – außer eine, die sich diskret im Hintergrund aufhielt. Diese Frau war dezent geschminkt und hatte ihre langen blonden Haare zu einem Zopf gebunden. Ihr Gesicht war blass und ihr Blick ging auffällig oft zu Frau Schräder.

»Gut. Wir machen Folgendes: Wir werden mit jedem Einzelnen von Ihnen sprechen und Ihre Aussagen aufnehmen. – Herr Lögering, haben Sie einen Raum, indem wir ungestört sind?«, richtete die Kommissarin sich mit ihrer Bitte an den Hotelbesitzer.

»Ja, aber sicher doch. Gleich gegenüber ist ein kleinerer Saal, da können Sie Ihre Verhöre durchführen«, bot ihr der ältere Herr freundlich an und deutete in die Richtung.

Als die Damen das Wort *Verhör* aufschnappten, wurde es unruhig in der Gruppe. Fenna Hansen hob beschwichtigend die Hände und sagte mit freundlicher Stimme: »Es handelt sich um kein Verhör, sondern lediglich um eine Befragung, in der es darum geht, Informationen über das Verschwinden von Paula Friese zu sammeln.« Dass die junge Dame verstorben war, wollte sie jetzt nicht in die große Runde posaunen, und zum Glück sah die Jury das genauso. Alle senkten betroffen den Kopf und hüllten sich in Schweigen.

6. Kapitel

»Wir werden Sie der Reihe nach in den gegenüberliegenden Saal bitten. Halten Sie dafür bitte Ihren Ausweis parat. Danke! – So, Lisa Marie, dann fangen wir gleich mit Ihnen an.«

Henning Petersen, Lisa Marie und Fenna verließen den großen Saal, überquerten den Flur und verschwanden hinter einer weißen Doppeltür.

Henning schaltete das Licht an und nahm an einem der wenigen Tische Platz. Diese Größe von Sälen wurde meistens für Seminare genutzt. Es war eine Leinwand zu sehen, ein Flipchart und auf einem der Tische lagen mehrere Stifte. Fenna setzte sich neben Henning und deutete Lisa Marie an, ihnen gegenüber Platz zu nehmen.

Die junge Frau reichte Henning ihren Ausweis und schlug elegant ihre langen schlanken Beine übereinander. Lisa Marie Heuer trug dunkelblaue Shorts und eine rote taillierte Bluse mit kurzem Arm. Ihre helle Haut hatte schon etwas Porzellanartiges und schimmerte samtig. »Was ist denn nun mit Paula?«, richtete sie die Frage an die Kommissarin.

Fennas Hände ruhten wie zu einem Gebet gefaltet vor ihr auf dem Tisch. Diese Gestik erinnerte sie stets an ihren Vater. Als sie noch zu Hause wohnte, betete die Familie jeden Abend vor dem Essen. »Es tut mir leid, aber ich muss Ihnen leider mitteilen, dass Paula tot ist.«

Lisa Marie stieß einen spitzen Schrei aus und hielt sich vor Entsetzen die Hand vor den Mund.

Die Kommissarin gab ihr ein paar Minuten, um die schreckliche Nachricht zu verarbeiten, und redete mit sanfter Stimme weiter: »Deswegen ist es sehr wichtig, dass Sie uns alles sagen, was Sie über Paula wissen oder ihren Freund, oder ob sonst irgendetwas vorgefallen ist, ja? Wir werden alle Hebel in Bewegung setzen, um den Täter zu fassen. Das schaffen wir aber nur, wenn Sie uns dabei helfen, Lisa Marie.«

Tränen bahnten sich einen Weg über ihre Wangen und Lisa Marie wischte sie schnell fort. Sie presste die Lippen zusammen und schluckte schwer. »Ich wollte mich nach dem Shooting mit ihr in der *Sternschnuppen-Bar* treffen, um zwanzig Uhr. Ich war pünktlich da, aber sie kam nicht. Ich habe versucht, sie über Handy zu erreichen, doch ich hörte immer, dass der Teilnehmer nicht erreichbar sei. Ich bin dann nach Hause und habe heute Morgen um acht Uhr bei ihr zu Hause angerufen.«

»Woher kannten Sie die Nummer?«, fragte Henning und blickte von seinen Notizen zu ihr auf.

»Paula hat mir eine Visitenkarte gegeben, da stehen beide Nummern drauf.«

»Haben Sie die Karte noch?«, hakte Fenna nach.

Lisa Marie kramte in ihrer Handtasche und reichte der Polizistin die Visitenkarte. »Hier.«

Fenna betrachtete das schmale Pappkärtchen. Darauf stand, dass Paula als Friseurin arbeitete und unter welchen Nummern sie buchbar war. »Sie war Friseurin?«

»Ja, also … eher nebenbei. Paula wollte unbedingt die Misswahl gewinnen, weil sie sich dadurch einen Durchbruch als Influencerin erhoffte. Ihren Job hat sie kurz vor der Misswahl geschmissen. Aber da alles viel Geld kostet, schnitt sie privat Haare, damit sie über die Runden kam«, erzählte Lisa Marie.

»Und das hat sie Ihnen alles anvertraut?« Fenna Hansen zog skeptisch eine Braue hoch.

Lisa Marie zuckte mit den Schultern. »Ja, hat sie. Wir haben uns auf Anhieb sehr gut verstanden. Ich hatte das Gefühl, dass sie unglücklich war.«

»Inwiefern unglücklich?«

»Keine Ahnung … sie sagte, sie wäre einer Teilnehmerin auf die Schliche gekommen, die verbotene Diätpillen schlucken würde.«

Henning und Fenna warfen sich eindeutige Blicke zu und ihr Kollege ergriff das Wort. »Verbotene Diätpillen? Hat sie auch den Namen der betroffenen Person erwähnt?«

Lisa Marie starrte auf ihre Finger und schüttelte den Kopf. »Nein, sie wollte mir den Namen nicht sagen.«

»Haben Sie sonst irgendwelche Spannungen zwischen Paula und einer weiteren Teilnehmerin oder einem Jurymitglied wahrgenommen?«, brachte Fenna sich wieder ins Gespräch ein.

Als die junge Frau zu den Beamten aufschaute, waren die Traurigkeit und das Entsetzen aus ihrem hübschen Gesicht verschwunden und sie wirkte verbittert. Genauso klangen die folgenden Worte: »Das ist hier der reinste Kindergarten! Ich würde am liebsten aussteigen«, sie zog eine böse Grimasse, »aber meine Mutter will unbe-

37

dingt, dass ich mitmache, sonst streicht sie mir die finanziellen Mittel für mein Studium.«

Fenna sah sie neugierig an und wiederholte: »*Kindergarten*?«

Lisa Marie rollte theatralisch mit den Augen und strich sich über ihr langes glänzendes Haar. »Gestern die Aktion mit den Märchenkostümen, völliger Kinderkram, da kam meine Figur überhaupt nicht richtig zur Geltung. Und dann zickten die Weiber untereinander nur rum … ich kam mir echt vor wie in einem bösen Märchen. Spieglein, Spieglein an der Wand – wer ist die Gemeinste im ganzen Land?« Es folgte ein hartes Lachen. »Und Frau Schräder hat auch nicht mehr alle Latten am Zaun. Lauf nicht so schief, lauf nicht so schnell, Busen raus, Arme nicht hängen lassen, bla, bla, bla!«, äffte sie die Leiterin albern nach.

Die Kommissarin konnte sehen, dass Henning sich ein Lachen verkneifen musste, und sprach weiter: »Also ist doch nicht alles Gold, was glänzt. Gibt es konkrete Vorfälle mit Paula?«

»Nein, tut mir leid, da ist mir nichts Bestimmtes aufgefallen«, beteuerte sie.

Henning hatte sich wieder im Griff und reichte Lisa Marie ihren Ausweis zurück. »Sie kommen gar nicht von Norderney, sondern aus Aurich. Müssen die Teilnehmerinnen nicht gebürtige Insulanerinnen sein, um an der Wahl teilzunehmen?«

Als Fenna die Worte ihres Kollegen hörte, schaute sie ihn überrascht an und war auf die Antwort gespannt, die Frau Heuer ihnen dazu geben würde.

Ihre Worte begannen mit einem genervten Seufzer und sie starrte kurz auf ihre viel zu langen roten Plastiknägel. »Nee, da es kaum Insulanerinnen gibt, durften sich auch Frauen bewerben, die hier arbeiten. Darüber hat sich Paula tierisch aufgeregt, denn sie ist … also sie war die einzige wahre Insulanerin unter den Teilnehmerinnen.«

»Okay, danke, Frau Heuer, Sie dürfen vorerst nicht die Insel verlassen. Wir melden uns dann bei Ihnen, wenn alles geklärt ist«, meinte Fenna und stand auf.

»Und was ist jetzt mit der Misswahl?«, fragte sie.

»Da müssen Sie sich an Frau Schräder wenden, das liegt nicht in unserem Entscheidungsbereich.«

Lisa Marie erhob sich und startete einen letzten Versuch, bei Fennas Kollegen zu landen. »Wann haben Sie denn Feierabend, Herr Petersen?«

»Ein Mordfall bedeutet leider immer viele und lange Überstunden, Frau Heuer. Ich wünsche Ihnen alles Gute.«

Zack! Am Felsen abgeprallt – aber volle Breitseite! Da Fenna lachen musste, drehte sie sich um und ging einige Schritte zur Tür. Sie musste eh die nächste Teilnehmerin holen.

Frau Heuer störte die Abfuhr nicht und sie verließ erhobenen Hauptes den kleinen Saal.

Den nächsten zwei Kandidatinnen war das blanke Entsetzen ins Gesicht geschrieben, als Fenna ihnen vom plötzlichen Tod Paula Frieses berichtete. Beide hatten ein Alibi zu der besagten Uhrzeit und konnten nichts Nützliches zu dem Fall beitragen. Sie bestätigten lediglich, dass Paula sich darüber aufgeregt hatte, dass die anderen fünf Frauen nicht von Norderney stammten. Melinda und Susan arbeiteten seit März auf der Insel und waren im April von einem Mann angesprochen worden, der für die Misswahl-Company *Face & More* aus Hamburg arbeitete.

»Da haben sich schon einige Fragen angesammelt, die wir Frau Schräder stellen können«, meinte Henning und warf einen Blick auf seinen sportlichen Chronografen. »Es ist gleich schon zwölf Uhr, wollen wir was essen?«

»Ich besorge uns was. Hast du einen besonderen Wunsch?«, erkundigte Fenna sich.

»Überrasch mich!«

Sie hob den rechten Zeigefinger und lachte. »Das kann ganz böse für dich enden, mein Freundchen!«

Er schenkte ihr sein entwaffnendes Lächeln, in dem tadellose weiße Zähne aufblitzten.

Die Kommissarin machte sich auf den Weg zur Rezeption und fragte nach, ob sie was zu essen bestellen könnte. Pascale reichte ihr eine Speisekarte. »Sie können auch gerne am Mittagsbuffet essen. Bis vierzehn Uhr erhalten Sie dort eine große Auswahl.«

»Das ist nett, aber wir haben jetzt Hunger und können nur schnell zwischendurch essen.«

»Ich kann in der Küche Bescheid geben, dass ein paar Sandwiches gemacht werden«, machte Pascale ihr den Vorschlag.

»Das ist eine gute Idee, und bitte eine Kanne Kaffee, mit Milch.«

Pascale griff zum Hörer und rief in der Küche an. Während er warten musste, sagte er zu Fenna: »Den Kaffee bringt gleich eine Kollegin zu Ihnen.«

Als Fenna zurückkam, saß bereits eine weitere Teilnehmerin an ihrem Gesprächstisch. Dem Gesichtsausdruck nach zu urteilen, hatte Henning ihr bereits mitgeteilt, dass Paula Friese tot war. »Moin!«, begrüßte sie die junge Dame und nahm neben ihrem Kollegen Platz. Es war die Teilnehmerin, die am natürlichsten von allen aussah und vorhin stetig den Blick von Frau Schräder gesucht hatte.

»Das ist Heike Bunger aus Leezdorf. Sie arbeitet seit März in dem kleinen Supermarkt *Kiek in* und wurde wie die anderen beiden Frauen von dem Scout der Firma *Face & More* aus Hamburg angesprochen. Sein Name ist Malte van Buhren.« Henning schob seiner Kollegin eine Visitenkarte zu.

Fenna ließ ihren Blick über die Angaben fliegen und schaute zu Heike Bunger. »Wie gut kannten Sie Paula Friese?«

Heike schluckte und lächelte die Beamtin verlegen an. »Haben Sie wohl ein Glas Wasser für mich?«

Passend klopfte es in dem Moment an die Tür und eine Kellnerin servierte den Kaffee. »Können Sie uns bitte zwei Flaschen Wasser bringen und einige Gläser? Danke.« Fenna öffnete die Thermoskanne, worauf ein kleines Zischen erklang. »Oder möchten Sie einen Kaffee?«

Sie schüttelte den Kopf und spielte nervös mit ihren Fingern. »Lieber Wasser.«

»Kommt sofort!«, rief die freundliche Kellnerin und verschwand.

»Also, Frau Bunger, wie war Ihr Verhältnis zu Paula Friese?«, wiederholte die Kommissarin ihre Frage.

»Gut?« Es klang eher wie eine verunsicherte Frage.

Henning sagte daraufhin: »Das klingt in meinen Ohren gar nicht gut.«

Es zuckte nervös um ihre Mundwinkel. »Nun ja, wir waren alle Konkurrentinnen, was glauben Sie, wie das Verhältnis unter uns Frauen war? Paula war sehr ehrgeizig, sie wollte unter allen Umständen die Misswahl gewinnen.«

Fennas Finger umschlossen die heiße Kaffeetasse, und bevor sie eine weitere Frage stellte, nahm sie einen Schluck. »Was meinen Sie mit *unter allen Umständen*?« Sie blickte Heike über den Rand der Tasse intensiv an.

40

Frau Bunger wedelte sich mit der Hand Luft zu und ihre gesunde braune Gesichtsfarbe wurde eher gräulich. Die Halsschlagader trat deutlich hervor und sie begann zu schwitzen. »Ist ganz schön heiß hier drin, oder? Wann kommt denn das Wasser?«

Just in diesem Augenblick erschien die Kellnerin und brachte die gewünschte Abkühlung.

Fenna schob Frau Bunger die Flasche und ein Glas zu. »Bitte, bedienen Sie sich.«

Während sie sich das Glas fast bis zum Rand auffüllte, tauschten die beiden Beamten skeptische Blicke aus. Heike setzte das Glas an und leerte es, ohne es einmal abzusetzen. Danach rang sie nach Luft und wischte sich über den Mund. »Entschuldigung, aber ich glaube, ich brüte eine Erkältung aus.«

»Alles gut, Frau Bunger. Viel Wasser trinken ist gesund«, sagte Fenna freundlich. Irgendetwas stimmte mit der Dame nicht. »Dann klären Sie uns doch bitte auf, was Sie mit Ihrer Äußerung meinen.«

Die junge Frau drehte das leere Glas vor sich und mied es, die Polizistin anzusehen. »Sie war halt sehr ehrgeizig und sagte jedem von uns, dass sie die Wahl gewinnen wird. Genaueres weiß ich nicht.«

»Wo waren Sie gestern gegen achtzehn Uhr?«, fragte Henning.

»Ich war mit Frau Schräder am Strand spazieren«, gab sie Antwort, worauf Fenna sie aus großen Augen ansah.

»Sie waren mit Frau Schräder spazieren?«

Heike zuckte gleichgültig mit den Schultern und goss sich erneut Wasser ein, diesmal aber nur bis zur Hälfte des Glases. »Ja, wir haben uns zufällig nach dem Shooting getroffen und sind ein Stück spazieren gegangen. Sie können Frau Schräder fragen.« Sie leerte den Inhalt und stellte das Glas ab. »Haben Sie sonst noch Fragen?«

»Nein, danke – Sie können gehen, müssen aber die nächsten Tage auf der Insel bleiben«, teilte Henning Petersen ihr mit.

Heike Bunger stand auf und schenkte beiden ein künstliches Lächeln. »Ich arbeite hier eh bis Ende Oktober.«

»Sind Sie dann so nett und schicken uns die letzte Teilnehmerin rein. Schönen Tag!«, flötete Fenna und schaute ihr nach. Als Heike Bunger die Tür hinter sich geschlossen hatte und außer Hörweite war, drehte sie sich zu Henning und sagte: »Der traue ich nicht. Vielleicht ist sie die Person mit den verbotenen Diätpillen?«

Henning sah sie interessiert an. »Wie kommst du ausgerechnet auf sie?«

41

»Ein typisches Anzeichen für solche Pillen sind starker Durst und erhöhter Herzschlag, worauf die Person, die die Pillen einnimmt, stark schwitzt, und bei Heike ist mir beides aufgefallen.«

»Oder sie brütet wirklich eine Erkältung aus?« Er zog eine Braue hoch.

Die letzte Teilnehmerin war Lena Meyer. Sie war die einzige der Kandidatinnen, die keine langen Haare hatte, sondern einen Pagenschnitt – dafür hatte sie aber Haare auf den Zähnen, stellten die Beamten fest. Sie beantwortete alle Fragen in einem schnippischen Tonfall und brachte die Ermittlungen in keiner Weise voran. Sie war noch nicht mal schockiert darüber, dass eine junge Frau ihr Leben hatte lassen müssen, stattdessen sagte sie zum Schluss: »Wer schön sein will, muss leiden.«

»Die hat die besten Chancen, die Wahl zur Zickenkönigin zu gewinnen«, seufzte Fenna und ihr Magen gab leise knurrende Geräusche von sich. Kein Wunder, es war bereits dreißig Minuten her, seitdem sie die Sandwiches bestellt hatte. »Wohl eher: Wer schön sein will, muss sterben«, sagte sie leise.

Henning lachte über ihre Äußerung. »Wir müssen noch mit den Jurymitgliedern sprechen, aber ich frage mich: Was zum Henker hast du zu essen bestellt, das so lange dauert? Ich sterbe bald vor Hunger!«

Die Antwort, die sie ihm geben wollte, erübrigte sich in der nächsten Sekunde, denn die Kellnerin trat mit einem Tablett in den Saal und stellte es vor ihnen ab. »Entschuldigen Sie bitte, dass es so lange gedauert hat, aber zur Mittagszeit ist hier der Teufel los. Ich wünsche Ihnen einen guten Appetit. Darf ich Ihnen sonst noch etwas bringen?«

Fennas Blick heftete an den fabelhaft lecker aussehenden Sandwiches. »Nein, danke!« Sie wollte gerade so richtig herzhaft in eins hineinbeißen, als die Tür aufgerissen wurde und eine ungehaltene Frau Schräder auf die beiden zustürmte. »Sie essen?!«, warf sie ihnen pikiert vor.

»Auch Polizisten brauchen Nahrung«, entgegnete Fenna.

Frau Schräder spitzte ihre roten Lippen und machte eine Grimasse, als hätte sie in eine Zitrone gebissen. »Wann sind wir denn endlich an der Reihe? Und wie geht es mit der Misswahl weiter? Das sind unnötige Kosten und das wird die Sponsoren gar nicht begeistern!«

42

»Das müssen Sie der Person sagen, die Paula Friese getötet hat«, haute Fennas Kollege in seiner stumpfen Art heraus, worauf Frau Schräder nach Luft schnappte und Henning mit bösen Blicken malträtierte.

»Es geht in zehn Minuten weiter, Frau Schräder. Wenn Sie eine Pause machen möchten, gerne«, sagte Fenna in einem versöhnlichen Ton zu ihr. Es kam ihr gerade wie guter Bulle, böser Bulle vor.

»Dann sehen wir uns in einer Stunde wieder«, flötete sie und schaute beide von oben herab an.

»Nein, in zehn Minuten, ansonsten nehmen wir Sie jetzt mit auf die Wache – da können wir ebenfalls essen«, meinte Henning mit fester Stimme.

Um ihre Mundwinkel zuckte es, doch sie gab keine Widerworte, sondern entschwand mit energischen Schritten und knallte die Tür lautstark hinter sich zu.

»An deinem Feingefühl müssen wir aber noch arbeiten, mein Lieber!«, zog Fenna ihn auf und biss endlich in das Sandwich.

Er lachte kurz und abgehackt und genoss sein Essen.

7. Kapitel

Bevor die zehn Minuten um waren, suchte Fenna Hansen die Waschräume auf. Auf dem Rückweg hörte sie aufgebrachte Stimmen, die aus dem Seerosen-Saal zu ihr auf den Flur drangen. Auf Zehenspitzen schlich sie sich an die halbgeöffnete Tür und spitzte ihre Ohren. Frau Schräders Stimme erkannte sie, aber da sie flüsterte, konnte Fenna nur einige Wortfetzen aufschnappen. »… das regeln … ansonsten … kein Geld.«

Weiter hinter ihr klappte eine Tür zu und sie zuckte zusammen. Keiner zu sehen. Die Kommissarin eilte in den kleinen Saal und berichtete Henning, was sie gerade mitbekommen hatte. »Konntest du sehen, zu wem sie die Worte gesagt hat?«

Sie schüttelte den Kopf.

»Vielleicht hat sie mit einem der Sponsoren telefoniert. Immerhin fällt die Misswahl aus beziehungsweise wird sie verschoben«, äußerte ihr Kollege seine Version.

»Ja, kann sein. Mal sehen, wie sich die Jurymitglieder uns gegenüber verhalten. Mit wem fangen wir an? Frau Schräder?«

»Nix da, die lassen wir schmoren – wir fangen mit Herrn Lögering an.« Es folgte ein teuflisches Grinsen von ihm, und Fenna machte sich auf den Weg und holte den Hotelbesitzer. Frau Schräder war anscheinend wieder gegangen, denn Fenna konnte sie nicht sehen. »Wo ist Frau Schräder?«

»Die musste telefonieren. Sie kommt gleich wieder!«, sagte der Hotelbesitzer und folgte der Kommissarin.

Herr Koopmann hockte auf einem Stuhl und wirkte noch immer sehr mitgenommen. Nahm ihn der Tod von Paula Friese wirklich so mit? Hatte Frau Schräder gerade mit ihm gesprochen oder sogar mit beiden Männern? Fenna stellte all die Fragen, die sich gerade in ihrem Kopf verankern wollten, zurück und konzentrierte sich auf das Gespräch, das sie mit dem Hotelbesitzer führten.

»Paula war sehr ehrgeizig und nahm kein Blatt vor den Mund. Sie ärgerte sich darüber, dass die anderen Teilnehmerinnen nicht gebürtig von Norderney stammen und die Wahl somit absolut ungerecht und falsch sei. Und sie warf die Frage auf, was die Öffentlichkeit wohl dazu sagen würde.« Er endete mit einem Seufzer und rieb sich die krause Stirn. »Ich war eh von Anfang an dagegen.«

44

»Von wem kommt denn das ganze Täuschungsmanöver?«, fragte Fenna ihn.

»Ach, das ist so eine gemeinsame Sache des Event-Managers vom Touristikverband, von hier lokalansässigen Geldleuten und den Veranstaltern der Wahl«, gab er grimmig Antwort.

Die Kommissarin sah ihn skeptisch an: »Und was wollen die damit erreichen? Es muss doch einen triftigen Grund dafür geben, dass hier eine Misswahl stattfindet, bei der fünf von sechs Teilnehmerinnen nicht von dieser Insel stammen, oder?«

Wilfried Lögering beugte sich ihnen entgegen und senkte seine Stimme, als er zu ihnen sprach. »Das haben Sie aber nicht von mir, verstanden?«

Die Beamten schüttelten gleichzeitig den Kopf. Fenna war gespannt, was jetzt kommen würde.

Der Hotelbesitzer verharrte in dieser Stellung. »Das hat alles mit den heutigen sozialen Netzwerken zu tun. Unsere Insel wird doch überall als das neuste Party-Mekka beworben. Immer mehr reiche und versnobte Leute wollen hier ihren Urlaub verbringen.« Er löste sich aus seiner verschwörerischen Haltung und lehnte sich zurück in den Stuhl. Seine Gesichtszüge verhärteten sich und seine Worte klangen bitter. »Wissen Sie, das Hotel ist in der dritten Generation. Meine Familie hat es all die Jahrzehnte aufrechterhalten, all die schweren Zeiten überstanden, und seit einigen Jahren muss irgendwie alles hip und nice sein.« Er verstummte kurz und Fenna musste lächeln, als sie das Wort *nice* aus seinem Mund hörte. »Ja, Sie finden das vielleicht komisch, ich nicht. Es gibt nicht mehr viele Insulaner auf Norderney. Immer mehr Immobilien-Mogule aus Hamburg und Bremen bauen hier ein Ferienhaus nach dem anderen, und jede neu eröffnete Bar muss absolut ausgefallen sein. Und da so viel Geld in all das gesteckt wird, verlangen die Eigentümer natürlich auch mehr Urlauber, die ihnen die Kassen füllen, sonst lohnt es sich ja nicht.«

Fenna Hansen konnte seinen Worten nur zustimmen. Die Welt war nicht mehr so, wie sie sein sollte. Das hatte ihr Vater ebenfalls zu spüren bekommen – es gab in den letzten Jahren sehr viele Kirchenaustritte, da die Kirche verstaubt und alt geworden war. Ihr Vater war zum Glück für alles und jeden offen. Deshalb passte er seinen Gottesdienst der neuen Welt an.

»Und was hat das alles mit der Misswahl zu tun?«, ergriff Henning das Wort.

45

»Na ja, sie soll als Medienereignis eingesetzt werden. Wir haben dreißig Prozent mehr Buchungen als im letzten Jahr. Sie wissen ja, die Hauptsaison beginnt erst in einigen Wochen. Aber sogar ich bin jetzt ausgebucht, und das nur wegen der Misswahl.« Er gab einen langen Seufzer von sich und zeichnete mit seinem Finger kleine Kreise auf den Tisch. »Es ist einfach nur schrecklich, was mit Paula passiert ist. Ich kann noch immer nicht glauben, dass jemand eine so junge und schöne Frau umgebracht haben soll. Und ich frage mich die ganze Zeit über: Warum? Die armen Eltern«, endete er betroffen.

Es herrschte ein paar Sekunden Stille bei ihnen am Tisch.

»Ist Ihnen denn irgendetwas oder irgendeine Person aufgefallen, die sich mit Paula gestritten hat?«, unterbrach Fenna das Schweigen.

Herr Lögering schien nachzudenken und rieb sich die gekräuselte Stirn. »Nein. Paula war zwar resolut, aber … mir ist nichts Konkretes aufgefallen. Ich bin jedes Mal nach der Show sofort zurück in mein Büro und habe von dem ganzen Drumherum ehrlich gesagt nicht viel mitbekommen.«

»Gut, Herr Lögering, vielen Dank und würden Sie dann bitte Herrn Koopmann zu uns schicken?«

Henning hatte sich alles notiert und fragte zum Schluss: »Warum lassen Sie die Misswahl in Ihrem Hotel stattfinden, wenn Sie doch nicht gerade begeistert sind von dem ganzen Hokuspokus?«

Der Hotelbesitzer stand auf und blickte zu ihrem Kollegen. »Sonst hätte die Misswahl-Kommission ein anderes Hotel genommen, und Geld kann jeder gut gebrauchen. Mein Sohn sagt immer: Papa, die Zeiten haben sich geändert. Du musst schon mitziehen, ansonsten bleibst du irgendwann auf der Strecke.« Es folgte ein wehmütiges Lächeln und er verabschiedete sich.

Die Kommissarin ließ sich auf den Stuhl zurückfallen. »Da hat der gute Mann nicht gerade unrecht. Die Zeiten haben sich geändert, und durch die ganzen sozialen Medien herrscht ein immenser Leistungsdruck und Konkurrenzkampf. Jeder will heutzutage schneller, schöner, günstiger, hipper und sonst was sein!«, endete sie brummig.

Ihr Partner sah sie mit einer hochgezogenen Braue fragend an. »Was stimmt denn mit *dir* nicht?«

Fenna straffte ihre Brust und erwiderte flapsig: »Was soll denn nicht mit *mir* stimmen?«

Es klopfte und Herr Koopmann trat ein. Er trat zu ihnen an den Tisch und nahm Platz.

46

»So, Herr Koopmann, dann wollen wir mal!« Fenna schenkte ihm ein Lächeln und stellte ihm die üblichen Fragen. Zu ihrer Überraschung wirkte er nicht mehr so verloren und nervös wie vor einigen Stunden. Er beantwortete die Fragen und bestätigte all das, was die Beamten bereits von den vorherigen Personen erfahren hatten. Sein Alibi zur Tatzeit war ein Telefongespräch mit seiner Frau in Hamburg, das umgehend geprüft wurde. Henning übernahm das und verließ für einen Moment den Raum. Als er wiederkam, nickte er und setzte sich.

»Und Sie haben auch nicht zufällig mitbekommen, dass eine der Teilnehmerinnen mit Diätpillen zu tun hat?«, konfrontierte Fenna ihn, worauf er die Kommissarin aus großen Augen ansah und den Kopf schüttelte. Fenna sprach weiter: »Lisa Marie erzählte uns, dass Paula dahintergekommen ist, dass eine der Kandidatinnen Diätpillen nimmt. Leider hat sie Lisa Marie gegenüber keinen Namen verraten.«

»Diätpillen, Aufputschmittel oder sonst eine Art von Drogen sind bei der Wahl strengstens verboten, das unterschreiben die Teilnehmerinnen alle im Vorfeld. Aber ich habe davon wirklich nichts mitbekommen«, beteuerte Oliver Koopmann.

Die Kommissarin fragte ihn: »Warum ist es den Teilnehmerinnen denn untersagt, Diätpillen einzunehmen? Es gibt ja auch legale Mittel aus der Apotheke zu kaufen. Ob diese nun gesund sind, sei in diesem Fall mal so hingestellt.«

»Aufgrund von weltweiten Protesten gegen die Misswahlen im Allgemeinen möchten die Veranstalter vom krankhaften Schönheitsideal abweichen, ihr Image aufpolieren, und dazu zählt, dass die Kandidatinnen mit ehrlichen Mitteln die Figur halten sollen. – Sport treiben, auf die Ernährung achten. Und nicht, wie es in den letzten Jahren modern wurde, sich einfach Diätpillen reinschmeißen oder schnell den Bauchspeck absaugen lassen«, klärte Koopmann die Beamten auf.

Fenna nickte. »Ich verstehe. – Wie würden Sie das Verhältnis von Paula zu den anderen Teilnehmerinnen beschreiben?«

Er schwieg ein paar Sekunden und sprach mit belegter Stimme weiter: »Paula war bei den anderen Teilnehmerinnen nicht sehr beliebt, weil sie öffentlich ihren Unmut ihnen gegenüber geäußert hat, dass sie die wahre Miss Norderney sei, da sie hier geboren und aufgewachsen ist. Damit fiel sie bei den anderen in Ungnade, außer bei

47

Lisa Marie, die beiden hatten sich sehr gut verstanden. – Jedenfalls war das meine Wahrnehmung.«

Henning beendete das Gespräch. »In Ordnung, Herr Koopmann, wir werden Ihre Anrufliste noch überprüfen und melden uns bei Ihnen. Würden Sie dann bitte Frau Schräder zu uns bitten?«

Auf diesen Moment hatte Fenna die ganze Zeit gewartet. Auf ihre Aussagen war sie gespannt wie ein Flitzebogen. Es dauerte keine zwanzig Sekunden und eine ziemlich genervte Frau Schräder betrat den kleinen Saal. Sie stolzierte mit erhobenem Haupt auf die Beamten zu und nahm Platz. In der linken Hand hielt sie ihr Telefon, allzeit bereit, falls es klingelte. »Sie haben mich seit Stunden warten lassen, können wir dann bitte anfangen? Ich habe eine verunglückte Misswahl zu bewältigen«, feuerte sie gleich los. Ihre Augen funkelten provozierend. »Das kostet die Agentur ein kleines Vermögen!«

Fenna ließ sich davon nicht einschüchtern und ihr Kollege schon gar nicht. Henning war die Ruhe in Person, wenn es um solche aufmüpfigen Personen ging. Er signalisierte Fenna, dass sie mit dem Gespräch starten konnte. Auf die Äußerungen von Frau Schräder ging die Kommissarin nicht näher ein und legte los. »Fangen wir doch damit an, wo Sie sich gestern gegen achtzehn Uhr aufgehalten haben, Frau Schräder.«

Ohne groß zu überlegen, antwortete sie: »Da war ich mit Heike Bunger am Strand spazieren.«

»Haben Sie gewusst, dass Paula herausgefunden hat, dass eine der Teilnehmerinnen Diätpillen zu sich nimmt?« Fenna war auf ihre Reaktion gespannt und fixierte sie mit einem strengen Blick.

Ihre Mimik wirkte kontrolliert, ja, sie machte auf die Kommissarin fast den Eindruck, als wüsste sie es, aber es gab keine verräterischen Anzeichen. Weder in ihren Augen, noch zuckte es um ihre Mundwinkel und ihre Körperhaltung zeigte den Beamten absolute Verschlossenheit. »Nein.«

Fenna Hansen nahm das erst einmal so hin und sprach weiter: »Paula Friese war die einzige der Kandidatinnen, die eine echte Insulanerin war. Warum wurden denn von der Hamburger Agentur *Face & More* auf Norderney Frauen gesucht, die gar nicht von dieser Insel stammen?« Die Beamtin wollte ihre Version hören, und die klang genauso wie die des Hotelbesitzers. Es ging nur um Ansehen und Geld.

48

Des Weiteren bestätigte Frau Schräder die Angaben, die den Polizisten bereits vorlagen. Also nichts Neues. Doch dann erhob sie sich zum Ende des Gesprächs und sagte: »Mir fällt ein, dass ich einen Streit zwischen Lena und Paula am Tag zuvor mitbekommen habe.«

Fenna spitzte ihre Lauscher: »Ja?«

»Es ging um Paulas Freund ... ich habe lediglich gehört, dass Paula Lena angezickt hat, warum sie das getan hat. Was immer sie damit meinte.«

»Und wie geht es mit der Misswahl weiter?«, wollte Henning von der Dame zum Schluss erfahren.

»Heute Abend wird die Show selbstverständlich abgesagt – immerhin ist eine fabelhafte Teilnehmerin verstorben. Wie es genau weitergehen wird, darüber entscheidet der Ausschuss des Veranstalters. Ich werde telefonieren, und das wohl noch den ganzen lieben langen Tag. Wiedersehen!« Sie hielt sich umgehend das Telefon ans Ohr und verließ den kleinen Saal.

»Puh ... so viele Informationen und irgendwie haben sie uns nicht wirklich weitergebracht, oder?« Fenna blickte Henning aus verzweifelten Augen an.

Er stand auf und reckte sich. »Wir fahren jetzt erst einmal zur Wache und geben Timo den Auftrag, sich um die Telefonliste von Herrn und Frau Koopmann zu kümmern. Wir sehen uns die Wohnung an und sprechen mit Kai, dem Freund von Paula.«

Fenna schob die beiden Stühle an den Tisch und stellte die Gläser und die leeren Wasserflaschen zusammen. »Ob er inzwischen weiß, dass seine Freundin tot ist?«

»Das werden wir gleich erfahren. – Und hör jetzt auf, hier aufzuräumen, dafür gibt es das Hotelpersonal!« Henning rollte mit den Augen, schnappte sich seine Notizen und ging voran.

»Jaaaa!« Fenna folgte schnellen Schrittes.

49

8. Kapitel

Als die beiden die Polizeistation erreichten, die in der Tannenstraße lag, kam ihnen die Frau vom Boss entgegengestürmt. »Kindchen! Kindchen! Wie geht es dir? Ist die Wunde schlimm?« Bruni Wiemer blieb vor Fenna Hansen stehen und sah sie besorgt an. Sie legte mitfühlend ihre Hände auf die Arme der Kommissarin ab. »Ich sage meinem Theo immer wieder, es kommen zu viele Terroristen auf die Insel!«

Theo Wiemer gesellte sich zu den dreien. »Touristen – es sind Touristen, nicht Terroristen, meine Liebe!«, verbesserte der Ehemann sie mit einem leichten Lächeln auf den Lippen.

Bruni gab einen Seufzer von sich und ihre Hände ruhten noch immer auf Fennas Armen. »Ja, aber in gewisser Weise sind es *Terroristen* – sie terrorisieren unsere Inselgäste. – Fenna, ich habe dir einen Kuchen gebacken. Er steht in der Küche. Ich dachte mir, Nervennahrung würde dir guttun, nicht wahr?«

Henning lief an seiner Kollegin vorbei und konnte sich ein genervtes Stöhnen nicht verkneifen. Und Fenna kämpfte gegen einen Lachanfall an. Bruni war die mütterliche Seele auf der Station und eine fabelhafte Köchin und Bäckerin. Somit wurde die komplette Polizeistation stets mit Leckereien versorgt. »Danke, Bruni, das ist lieb von dir. Ich werde gleich ein Stück probieren. Und mir geht es gut.«

Bruni grinste auf einmal so seltsam und flüsterte: »Kein Wunder, bei dem flotten Arzt. Ich habe gehört, er hat ein Auge auf dich geworfen, meine Liebe.« Jetzt tätschelte sie mütterlich Fennas Hand.

Zum Glück befand sich weder Kaffee noch Kuchen in ihrem Mund, der Inhalt wäre ihr sicherlich im hohen Bogen wieder herausgeflogen. Fenna schüttelte kaum merkbar den Kopf und schaute Bruni entsetzt an. »Was? Wer hat dir denn den Floh ins Ohr gesetzt?!«

Bevor sie ihr eine Antwort geben konnte, warf Fenna einen Blick über ihre Schulter und entdeckte das hämische Grinsen von Henning. *Du alte Petze*, dachte sie. Als hätte die Frau des Chefs ihre Gedanken lesen können, verneinte sie ihre Vermutung. »Nein, ich habe es von Ingrid erfahren, die wiederum hat es von Berta und die war bei Schwester Mechthild und die hat gesagt, als du vom Doktor behandelt wurdest, hat sie bemerkt, dass er ein Auge auf dich geworfen hat. – Und? Der Doktor ist doch ein echt hübsches Kerlchen, oder? Und, soweit ich weiß, auch Single.« Sie zwinkerte ihr zu.

Fenna musste schleunigst aus den von Bruni gesponnenen Liebesfäden entkommen. Sie schaute hilfesuchend zu Henning. Doch der starrte gebannt auf seinen Monitor und tat, als würde er arbeiten – wie immer.

»Ach, Schatz, jetzt lass doch mal unsere Fenna in Ruhe und hör auf, ständig jemanden zu verkuppeln!«, drang die rettende Stimme des Hauptkommissars zwischen die beiden Damen. »Der Schuss ist schon bei deiner Cousine Klara nach hinten losgegangen! – Und lass Fenna ihre Arbeit machen. Immerhin haben wir einen Mord aufzuklären.«

Bruni zog eine Grimasse und ließ augenblicklich von der Kommissarin ab. Sie wedelte mit der Hand durch die Luft und marschierte in Richtung Ausgang. »Ja, ja … ich gehe ja schon! Ich muss eh zur Post! Und denkt an den Kuchen!«

Theo blieb bei Fenna stehen und wechselte zum Glück das Thema: »Konntet ihr durch die Befragung schon was Brauchbares in Erfahrung bringen?«

Fenna steuerte ihren Schreibtisch an und nahm Platz. »Nicht wirklich, oder, Henning?«

»Stimmt, es haben alle ein Alibi zur Tatzeit, aber eine Teilnehmerin hat uns gegenüber geäußert, dass Paula Friese herausgefunden hat, dass eine der Kandidatinnen Diätpillen einnimmt. Was laut Misswahl-Vertrag strengstens verboten ist. Und dass Paula sich mit ihrem Freund Kai gestritten hat. Wir wollen gleich zu ihrer gemeinsamen Wohnung«, teilte ihr Kollege dem Hauptkommissar mit.

»Gut, wir sehen uns dann später!«, verabschiedete Theo sich und verschwand in seinem Büro.

»Du hättest mir gerade echt helfen können«, warf Fenna Henning vor und spielte die beleidigte Leberwurst.

Sein Kopf schnellte hoch und seine blauen Augen funkelten sie amüsiert an. »Ich habe dir gleich gesagt, dass der Arzt ein Auge auf dich geworfen hat.«

Fenna seufzte. »Na toll!«

»Und ich schätze mal, dass die halbe Insel inzwischen weiß, dass der Doktor ein Auge auf die neue Polizistin geworfen hat!«, goss er noch Öl ins Feuer.

51

Sie schnappte den ersten griffbereiten Gegenstand und schleuderte ihn in Hennings Richtung. Es war ein Kugelschreiber, der sein Ziel verfehlte und hinter ihm auf dem Boden landete. »Wie hast du eigentlich die polizeiliche Prüfung bestanden?«, scherzte er trocken.

Fenna streckte ihm die Zunge heraus und stand auf, um den Kugelschreiber wieder aufzuheben. Als sie sich umdrehte, traf sie der Schlag, denn Doktor Perick stand am Infotresen. Er hob die Hand und lächelte Fenna zaghaft an. Am liebsten hätte sie jetzt ein Loch im Boden gehabt und wäre darin verschwunden. »Moin zusammen!«, rief er.

Fenna konnte die Blicke ihres Kollegen regelrecht auf ihrem Rücken spüren, als sie sich zum Tresen begab. Der Kugelschreiber wurde in ihrer Hand zerquetscht und sie spürte, wie das Blut in ihre Wangen schoss. Verdammt! Sie straffte die Brust, holte einmal tief Luft und begrüßte ihn. »Moin Doktor, was kann ich für Sie tun?«

Er reichte ihr einen braunen großen Umschlag. »Da sind die kompletten Unterlagen drin, wegen Ihres Unfalls.«

Henning blökte von seinem Schreibtisch aus zu den beiden herüber: »Die hättest du ihr auch mailen können!«

Sven Perick ließ sich nicht aus der Ruhe bringen. »Wir haben im Moment kein Internet im Krankenhaus, und da ich zufällig in der Nähe war, dachte ich, bringe ich den Umschlag persönlich vorbei. – Was macht die Wunde?«, erkundigte er sich.

Bruni hatte recht mit ihrer Äußerung, dass der Doktor ein hübsches Kerlchen war, aber das war Fenna bereits im Krankenhaus aufgefallen. Seine warmen braunen Augen musterten sie liebevoll, worauf die Kommissarin jetzt sicherlich wie eine überreife Tomate glühte. *Reiß dich zusammen, Fenna!* »Danke, alles bestens.«

»Das freut mich zu hören. – Und nicht vergessen: In zwei Wochen muss ich die Fäden ziehen!« Sven klopfte auf den Tresen und hob die Hand. »So, ich muss dann wieder!«

Und schwups – war er durch die Tür verschwunden.

»Ja, nee, is klar – das Krankenhaus hat kein Internet«, brabbelte Henning vor sich hin.

Fenna schleuderte den nassgeschwitzten Kugelschreiber erneut zu ihrem Kollegen und diesmal traf sie ihn auf der Brust. »Strike!«, rief sie und lachte.

52

Henning schüttelte den Kopf und warf den Kuli auf ihren Schreibtisch zurück. Danach informierte er per Telefon den Kollegen Timo darüber, dass er sich um die Telefonlisten kümmern sollte.

Theo Wiemer lugte aus seinem Büro. »Wenn ihr noch was zu erledigen habt, müsst ihr übrigens die Räder nehmen!«

»Auch das noch«, säuselte Henning und hielt Ausschau nach den Helmen und den Schlüsseln für die Schlösser. Als er beides gefunden hatte, reichte er Fenna die Gegenstände und die beiden gingen zum angrenzenden Schuppen, in dem die Räder untergestellt wurden. »Hoschi ist echt eine faule Socke, der kann doch eins der Räder nehmen«, brummte der Kollege vor sich hin.

Fenna setzte den Helm auf und öffnete das Schloss. »Dann wird aber seine schöne Frisur vom nordischen Wind zerzaust.« Mit den Worten zauberte sie tatsächlich ein Lächeln in Hennings Gesicht. »Und mit dem anderen Wagen ist Bruni zur Post«, ergänzte sie und schwang sich aufs Rad. Henning legte das Tempo vor und sie folgte ihm.

Paula Friese hatte mit ihrem Freund in einer Einliegerwohnung gelebt, die im Haus ihrer Eltern integriert war. Es war ein kleines wießes Haus mit hellblauen Fensterrahmen und einer dazu passenden Haustür. Der schmale Vorgarten lag hinter einem weißen Lattenzaun und wirkte gepflegt. Die Beamten schlossen die Räder ab und gingen den gepflasterten Weg zur Eingangstür entlang. Henning betätigte den Klingelknopf, auf dem zwei Namen standen: Friese/Overhoff. Es dauerte einige Augenblicke, bis jemand die Treppen hinunterkam und die Tür öffnete. Ein junger Mann stand vor ihnen. Er war so groß wie Henning, hatte dunkelbraunes, kurzes Haar und blaue Augen, die unendlich traurig wirkten und leicht gerötet waren. Er sagte nichts und schaute die Polizisten verloren an.

»Herr Overhoff? Mein Name ist Henning Petersen, das ist meine Kollegin Hansen, Inselpolizei. Es geht um Ihre verstorbene Freundin Paula Friese. Dürfen wir Ihnen ein paar Fragen stellen?« Zur Bestätigung seiner Aussage zeigte Henning seinen Dienstausweis.

Kai Overhoff trat zur Seite und zeigte in die Richtung, in der sie gehen sollten. »Ja, kommen Sie.« Er führte die Polizisten eine schmale Treppe nach oben und alle nahmen im Wohnzimmer Platz.

»Unser Beileid, Herr Overhoff«, begann Henning. »Waren Sie lange mit Paula zusammen?«

53

Kai saß ihnen gegenüber, und sein rechtes Bein zitterte, als er zu erzählen begann. »Fast zwei Jahre.«

»Kommen Sie von der Insel?«

Er schüttelte den Kopf. »Nein. Ich komme gebürtig aus Leer und habe Paula vor zwei Jahren hier kennengelernt. Ich bin von Beruf Elektriker und meine Firma hatte hier einige Aufträge.«

»Und jetzt arbeiten Sie hier auf der Insel?«, hakte mein Kollege nach.

»Nein. Ich bin meistens ein bis zwei Wochen auf dem Festland unterwegs oder sogar länger und komme dann zum Wochenende hierher. Diesmal bin ich extra wegen der Misswahl angereist, war eigentlich gar nicht mein freies Wochenende.« Er kämpfte gegen die aufsteigenden Tränen an.

Fenna ließ ihren Blick neugierig durch den Raum schweifen. Da es eine Dachgeschosswohnung war, hatte das Wohnzimmer einige Schrägen, was sie persönlich total niedlich fand. Die weißen Möbel hatten einen skandinavischen Touch und wurden durch die dezent lindgrüne Wandfarbe gut in Szene gesetzt. Die Beamten saßen auf einem graumelierten Sofa, und auf dem runden Couchtisch standen bunte Kerzen in einer Holzschale. Und eine leere Kaffeetasse.

Henning führte das Gespräch. »Wir haben von der Leiterin erfahren, dass sich Paula mit einer der Teilnehmerinnen gestritten hat und es in dem Streit um Sie ging, Herr Overhoff. – Können Sie sich vorstellen, worum es da genau ging?«

Kai Overhoff rieb sich aufgeregt die Hände und schluckte schwer. Er vermied es, Henning direkt anzusehen, als er ihm Antwort gab. »Angeblich soll Paula mit dem Typen aus der Jury geschlafen haben, um die Wahl zu gewinnen.« Die Worte kamen ihm sichtlich schwer über die Lippen.

Die Kommissare warfen sich überraschte Blicke zu. Diesmal ergriff Fenna das Wort: »Und woher wissen Sie das? Und wissen Sie den Namen desjenigen?« Da kam eigentlich nur Oliver Koopmann infrage, den älteren Hotelbesitzer schloss sie sofort aus.

Als Kai beide ansah, war in seinen Augen keine Trauer zu sehen, sondern Wut und Enttäuschung. Er räusperte sich. »Das hat mir diese Lena gesteckt. Und ich meine, sein Name war Koopmann.«

Fenna hatte also recht mit ihrer Vermutung in Sachen Koopmann. Und als sie den Namen der Teilnehmerin hörte, musste sie gleich an die Zicke denken – die mit den Haaren auf den Zähnen. »Wann hat

54

Lena Ihnen denn davon erzählt? Und haben Sie Ihre Freundin darauf angesprochen?«

Der junge Mann nickte mehrmals. »Klar – und sie hat es abgestritten.«

»Haben Sie ihr geglaubt?«, fragte Fenna.

Kai verzog den Mund. »Keine Ahnung! Paula hatte sich in den letzten Monaten stark verändert. Sie wollte unbedingt berühmt werden und hat dafür sogar ihren Job als Friseurin hingeschmissen.« Tränen brannten in seinen Augen, die er flink mit dem Handrücken wegwischte. »So, wie sie die letzte Zeit drauf war, konnte ich mir schon vorstellen, dass sie mit dem Typen ins Bett gestiegen ist, um ihre Gewinnchancen zu erhöhen. – Aber diese Lena hatte keine konkreten Beweise. Sie sagte mir, dass beide frühmorgens aus seinem Hotelzimmer kamen.«

Henning Petersen übernahm wieder und wollte von ihm wissen: »Und wann hat Lena Ihnen davon erzählt?«

»Vorgestern. Ich habe Paula zum Hotel begleitet, und nachdem ich mich von ihr verabschiedet hatte, kam diese Lena zu mir und erzählte mir von dem angeblichen Verhältnis der beiden. Ich war so wütend, dass ich sofort zum Strand geflüchtet bin, um zu überlegen, wie ich damit umgehen soll.«

»Und? Für was hatten Sie sich entschieden?«, hakte ihr Kollege nach.

»Ich bin zurück und wollte mit ihr reden, doch sie hatte keine Zeit für mich, da Aufnahmen für die Wahl anstanden. Sie vertröstete mich, dass wir das später klären. Paula sollte ein Schneewittchenkostüm tragen. Darüber hat sie sich tierisch aufgeregt, mehr als über meine Anschuldigung, sie sei fremdgegangen. Außerdem beschwerte sie sich darüber, dass sie die einzige echte Insulanerin sei, die bei dem ganzen Mist mitmachte.« Er nahm einen Atemzug und redete weiter. »Paula wollte die Wahl um alles auf der Welt gewinnen, und anscheinend war ihr jedes Mittel recht dazu«, endete er leise.

Henning notierte sich alles. Eigentlich hatte Fenna ihm angeboten, die Notizen zu machen, aber er fand, dass sie eine Sauklaue hatte, und somit schrieb er lieber. Leider hatte er sogar recht damit. Ihre Mutter hatte stets die Hände über dem Kopf zusammengeschlagen und fragte sich noch heute, wie ihre Tochter das Abitur geschafft hatte. Nun, wenn Fenna wollte, dann konnte sie auch in Schönschrift schreiben.

Der Kommissar blickte von den Notizen auf. »Wann haben Sie Ihre Freundin das letzte Mal gesehen?«

»Gestern, gleich nach dem Shooting. Sie hat mir eine Nachricht geschickt, in der sie mir mitteilte, dass sie nach den Aufnahmen Zeit für mich hätte, um dieses Missverständnis aus der Welt zu schaffen«, meinte er.

Henning zog eine Braue hoch. »Und? Konnte sie das Missverständnis aus der Welt schaffen?«

Kai fuhr sich mit der Hand über sein Haar und presste die Lippen zusammen. Er antwortete nicht sofort. »Wir haben nicht nur über das Thema gesprochen, sondern ich habe ihr vorgeworfen, wie sehr sie sich in der letzten Zeit verändert hat und dass es ihr nur um Berühmtheit ging. Unsere Beziehung litt darunter und sie versprach mir, sobald sie die Wahl gewonnen hat, würde sie einen Gang runterschalten. – Ja, und wenn sie nicht gewinnen sollte, hätte sie noch eine andere Geldquelle gefunden.«

»Was für eine andere Geldquelle?«, platzte es aus Fenna heraus.

Overhoff zuckte mit den Schultern und sah die Beamten ratlos an. »Keine Ahnung. – Ich bin dann einfach abgehauen.«

»Und wo waren Sie zwischen achtzehn und neunzehn Uhr an dem Tag?«, fragte die Kommissarin ihn.

»Da habe ich mich mit Freunden getroffen und meinen Kummer in Alkohol ertränkt. Die können Sie gerne anrufen. «

»Und dafür benötige ich die Kontaktdaten Ihrer Freunde.« Henning schrieb sich die Namen und Telefonnummern auf. »Gut. Wir werden das überprüfen. Das wäre es fürs Erste, Herr Overhoff, und nochmal unser aufrichtiges Beileid.«

Kai brachte die Herrschaften zur Tür. »Ich hoffe, Sie finden die Person, die Paula umgebracht hat.«

»Das hoffen wir auch.« Fenna fiel noch etwas Wichtiges ein und sie drehte sich zu ihm um. »Hat Paula ein Telefon gehabt?«

Er stutzte und sah die Polizistin irritiert an. »Ja, klar. Wieso?«

»Weil wir kein Telefon bei ihr gefunden haben. Hat sie es vielleicht hier vergessen?«

Er schüttelte den Kopf. »Nein, das wäre mir aufgefallen. Außerdem wäre Paula nie ohne ihr Telefon aus dem Haus gegangen. In dem Ding ist ihr ganzes Leben.« Kai hatte die Worte gerade ausgesprochen, als es um seine Mundwinkel zuckte und er mit belegter Stimme ergänzte: »Sie war mein ganzes Leben.«

56

»Unter welchem Namen war sie denn auf den Social-Media-Plattformen unterwegs?«

»Paula – Die Friesin. Sie hatte schon eine ganze Menge Follower.« Seine blauen Augen bekamen einen wehmütigen Glanz.

»Sobald wir etwas erfahren, melden wir uns bei Ihnen, Herr Overhoff.«

9. Kapitel

Die Beamten verabschiedeten sich und Henning blieb vor der unteren Wohnungstür stehen. »Wenn wir schon mal hier sind, können wir die Eltern befragen und ihnen unser Beileid übermitteln.« Er betätigte die Klingel.

Es dauerte nicht lange und eine Frau öffnete die Tür. Sie sah unsagbar traurig aus, kein Wunder, wenn man das eigene Kind durch eine grausame Tat verloren hatte. Die Beamten stellten sich vor und übermittelten ihr aufrichtiges Beileid. Frau Friese führte den Besuch in die Küche und bot ihnen an, Platz zu nehmen.

»Möchten Sie einen Tee? Ich habe gerade frischen aufgesetzt.« Sie deutete auf die Teekanne, die auf einem Stövchen auf dem Tisch stand.

»Gerne!«, nahm Fenna für beide das Angebot an.

Frau Friese holte zwei Tassen aus dem Schrank, goss jedem ein und setzte sich. Sie begann zu erzählen und Fenna merkte, dass es ihr guttat, über den schweren Verlust mit den Beamten zu reden. Frau Friese konnte das Verhalten ihrer Tochter nicht nachvollziehen und warum sie plötzlich den Drang hatte, berühmt und reich zu werden. »Sie hat hier alles gehabt, um ein glückliches Leben zu führen. Kai ist ein so liebevoller Kerl und sie hat ihren sicheren Job im Friseursalon *Frische Brise* einfach so aufgegeben. Dabei hat die Inhaberin Paula gegenüber angedeutet, dass sie in ein paar Jahren den Salon übernehmen könnte.« Frau Friese umschloss mit beiden Händen die Tasse und schaute in die goldbraune Flüssigkeit, so als könnte sie dort die passenden Worte für ihre Trauer finden. Als sie wieder zu den Polizisten aufblickte, schimmerten ihre Augen feucht. »Wer tut denn meiner Tochter so etwas Grausames an? Ich verstehe das nicht.«

»Und wir werden alles versuchen, um den Täter oder die Täterin zu überführen, Frau Friese. – Haben Sie vielleicht irgendetwas in den letzten Tagen mitbekommen? Hat Ihre Tochter sich Ihnen gegenüber geäußert, dass sie bedroht wurde oder Probleme bei der Misswahl hatte?«, übernahm Fenna die Fragerunde, während Henning still neben ihr saß und am heißen Tee schlürfte. Nebenbei schrieb er wichtige Informationen auf.

Frau Friese presste die Lippen zusammen und schien in Gedanken durchzugehen, ob es in den letzten Tagen irgendwelche Vorkommnisse gegeben hatte. Nach wenigen Sekunden schüttelte sie sachte den Kopf und sagte:»Nein, mir fällt nichts ein. Paula hatte die meiste Zeit im Hotel verbracht und musste viel für die Misswahl unternehmen. Sie war sich zu hundert Prozent sicher, dass sie die neue Miss Norderney wird.«

»Hat Paula Ihnen erzählt, dass sie die einzige Insulanerin ist, die an der Wahl teilnimmt?« Fenna nippte am Tee und musste feststellen, dass er sehr aromatisch war und einen leckeren Geschmack im Mund hinterließ. Es war eine Mischung aus Schwarztee und einer Frucht, auf die sie nicht kam. Melone? Oder Mango? Sicherlich kochte Frau Friese als echte Insulanerin den Tee so, wie es sich gehörte, und nicht wie sie: zack, Teebeutel in die Tasse und heiß Wasser drauf.

»Ja, sie hat sich sehr darüber aufgeregt, da alle anderen Frauen hier nur arbeiten und ihrer Meinung nach keinen Anspruch auf den Titel haben.« Sie schaute die Kommissarin aus entsetzten Augen an. »Glauben Sie etwa, deshalb musste meine Tochter sterben?«

Da Fenna gerade Tee trank, gab Henning die Antwort und stand auf:»Wir werden in alle Richtungen ermitteln, Frau Friese.«

Die Kommissarin stellte die leere Tasse zurück und folgte ihrem Kollegen, der sich in Richtung Tür bewegte. »Danke für den köstlichen Tee, Frau Friese. Was ist denn da für eine Frucht drin? Ich komme nicht drauf.«

»Papaya – den Tee kann man in den Sommermonaten auch sehr gut kalt genießen. Freut mich, dass er Ihnen geschmeckt hat.« Ein sanftes Lächeln umspielte ihre Mundwinkel.

Die beiden verabschiedeten sich und machten sich auf den Rückweg zur Polizeistation. Es musste eine Fähre angelegt haben, denn die Straßen waren voll von Autos, Taxen, Kutschen und Fußgängern, die polternd ihre Koffer hinter sich herzogen. Ja, auf Norderney war richtig was los. Hier steppte der Bär, hätte ihre Mutter gesagt.

Auf der Polizeistation war ebenfalls der Bär los, denn eine kleine Gruppe von allein reisenden Frauen stand am Infotresen und quatschte laut und aufgeregt durcheinander. Aber da Hoschi die quirligen Damen betreute, hatte er sie schnell im Griff und brachte alle mit seinem unverhohlenen Charme zur Ruhe. Anscheinend ging es darum, dass mehreren Frauen die Telefone gestohlen worden waren. Schon wieder! Die Langfinger kannten kein Erbarmen und schreckten vor nichts zurück, wie man an ihrem persönlichen Beispiel sehen konnte.

Henning legte beide Helme an ihren Platz zurück und hängte die Schlüssel an das dafür vorgesehene Brett.

Fenna hatte gerade an ihrem Schreibtisch Platz genommen, als Timo aus einem Nebenzimmer erschien. Er wedelte mit einigen Blättern umher. »Hier, das ist die Auswertung der Telefonlisten. Ich hoffe, ihr könnt damit was anfangen.« Er reichte sie der Kommissarin.

»Danke, Timo!« Fenna warf einen konzentrierten Blick auf die Daten und stellte fest, dass Paula Friese tatsächlich mit Oliver Koopmann telefonischen Kontakt gehabt hatte. Sie erzählte Henning davon, der sie überrascht ansah. »Ob die beiden echt was miteinander hatten?«

»Das werden wir Herrn Koopmann persönlich fragen – aber jetzt esse ich erst einmal was von Brunis Kuchen. Möchtest du auch ein Stück?«

Ihr Kollege nickte und war bereits in seine Notizen vertieft. Fenna schlenderte in die Küche und blieb abrupt stehen. Verdammt! Der Kuchen war bereits aufgegessen! Lediglich ein paar vereinzelte Krümel wiesen auf seine vorherige Anwesenheit hin. »Na super«, säuselte sie deprimiert vor sich hin und kehrte mit leeren Händen an ihren Schreibtisch zurück.

Henning warf ihr einen fragenden Blick zu. »Kuchen?«

Fenna zog eine Grimasse und wippte verärgert in ihrem Bürostuhl herum. »Ja, nix Kuchen – die verfressene Meute hat ihn schon vertilgt!«

Ein Schmunzeln legte sich auf das Gesicht des Kommissars nieder und er sagte: »Wir holen uns gleich was.«

Fenna gab ein mürrisches Brummen von sich und warf einen erneuten Blick auf die Telefonlisten. Die Gespräche, die Koopmann mit Paula Friese geführt hatte, waren nie von langer Dauer. Nun ja, um sich heimlich zu treffen, bedurfte es keiner vielen Worte. Und Paula war sicherlich nicht die Erste, die versucht hatte, sich über die sogenannte Besetzungscouch einen Vorteil zu verschaffen. Deshalb hatte Oliver Koopmann heute Morgen so nervös und entsetzt auf die Kommissarin gewirkt. Ob er der Täter war? Vielleicht wollte Paula ihn mit einem Sexvideo erpressen und es seiner Ehefrau mitteilen? Als Gegenleistung für ihr Schweigen hatte sie eventuell verlangt, dass Koopmann ihr zum Titel verhalf. Fenna pustete sich eine verirrte Strähne aus dem Gesicht und schaute hoch, da Henning sich in Bewegung setzte und erneut Helme und Schlüssel holte. »Los! Ich dachte, du willst Kuchen!«

Fenna sprang vom Stuhl auf und beide verließen die Wache. Bevor sie erneut zum Hotel fuhren, machten die Beamten einen Stopp bei *Uschis Strandladen*. Dort gab es laut Hoschis Aussage den besten Kuchen auf der Insel und Henning konnte dies bestätigen. »Aber lass das bloß nicht Bruni wissen, die ist dann bis in die Steinzeit beleidigt.«

Fenna hob schwörend die Hand und versprach, kein Wort darüber zu verlieren.

Die Backstube war in einer Holzhütte untergebracht, die am Ende der Strandpromenade lag, somit musste ein kleiner Umweg gemacht werden. Hier gab es aber nicht nur Kuchen, sondern auch leckere Snacks wie belegte Brötchen, Salate und einiges mehr. Henning lud seine Kollegin ein und kam wenige Augenblicke später mit zwei Stücken Napfkuchen wieder. »Komm, wir setzen uns da vorne auf die Bank und genießen den Kuchen. Koopmann wird sicherlich nicht überstürzt die Insel verlassen.«

Fenna balancierte mit einer Hand das Rad und in der anderen hielt sie den schmalen Pappteller mit Kuchen. Die Bank stand etwas abseits des Strandpads und somit konnten die beiden in Ruhe die Nervennahrung genießen. Nachdem sie einige Minuten still den Napfkuchen gegessen hatten, putzte Fenna sich mit der Serviette den Mund ab und blickte ihren Kollegen fragend an. »Glaubst du wirklich, dass die beiden ein Techtelmechtel hatten?«

Henning stopfte sich den letzten Happen in den Mund und kaute genüsslich zu Ende, bevor er ihr eine Antwort gab. »Warum nicht? In diesen Branchen ist doch so etwas üblich, oder nicht?«

Ja, das wusste sie nur zu gut. Als sie in jungen Jahren als Model gejobbt hatte, wurden ihr des Öfteren solch unmoralische Angebote gemacht. Und sie hatte keines von ihnen angenommen, außerdem war sie erst sechzehn Jahre alt gewesen. Von ihrem damaligen Ausflug in die schillernde Welt der Models wusste niemand. Diese Angaben waren nicht in ihrem Lebenslauf zu finden. Deshalb lautete ihre Aussage vorsichtshalber: »Keine Ahnung.« Und sie zuckte extra unwissend mit den Schultern, um den zwei Worten mehr Ausdruck zu verleihen. Ihr Kollege ging nicht näher darauf ein und streckte die

Hand nach ihrem leeren Pappteller aus, den sie noch festhielt. »Gib her, ich bringe das weg.«

Fenna reichte ihm den Müll und stand auf. Recken, strecken und dann einen tiefen Atemzug holen. Die frische Seeluft tat ihr gut, und bis jetzt bereute sie ihren Entschluss noch nicht, dass sie nach Norderney gewechselt hatte. Auch wenn der unschöne Vorfall nicht gerade für einen guten Start stand, aber nicht zu vergessen, hatte sie einen gutaussehenden Arzt kennengelernt. Sie schob den Gedanken an den feschen Doktor beiseite und sagte zu ihrem Kollegen: »Aber er hat ein Alibi – Koopmann kann es nicht gewesen sein. Auf der Telefonliste war die Verbindung zu sehen, die bestätigt, dass er zur Tatzeit mit seiner Frau gesprochen hat.«

»Das stimmt, aber trotzdem interessiert es mich, ob die beiden was hatten oder nicht. Vielleicht hat Lena Meyer Paula umgebracht?«

Fenna folgte ihm zu den Rädern und zog fragend eine Braue hoch. »Warum sollte Lena sie umgebracht haben?«

Henning zuckte mit seinen sportlichen Schultern und schwang sich aufs Rad. »Neid, Zickenkrieg … Lena hat Paula erpresst? Vielleicht ist Lena diejenige mit den verbotenen Diätpillen?«

Seine Vermutung klang plausibel, aber das reichte nicht aus, um eine verdächtige Person zu verhaften. Die Kommissare mussten sich Stück für Stück vorarbeiten.

Die beiden radelten zum Hotel und erkundigten sich an der Rezeption, wo sie Herrn Koopmann finden konnten. Anscheinend hielt sich die Jury noch immer im Saal auf, in dem die Wahl abgehalten wurde. Die Tür war verschlossen und dumpfes Stimmengewirr drang zu den Beamten. Henning klopfte mehrmals hintereinander, worauf für wenige Sekunden eine Totenstille herrschte, die durch die laute Stimme von Frau Schräder unterbrochen wurde. »Ja, bitte!«

Ihr Kollege drückte die Klinke hinunter und sie traten ein. »Moin!«

Alle drei Augenpaare waren gebannt auf die Uniformierten gerichtet.

»Ah, die Kommissare – haben Sie Neuigkeiten für uns?«, ergriff Frau Schräder als Erste das Wort.

»Wir müssten mit Ihnen sprechen, Herr Koopmann«, sagte Fenna, worauf er sie aus großen Augen ansah. »Und zwar allein.«

»Würden Sie bitte mit uns kommen.« Henning machte eine Geste, dass er aufstehen sollte, was er tat und die anderen beiden Jurymitglieder unsicher anblickte. Ohne ein Wort zu sagen, folgte er den Beamten, und die drei wechselten erneut in den gegenüberliegenden Saal.

»Was möchten Sie denn mit mir besprechen?« Ein nervöses Lächeln huschte über sein Gesicht, und irgendwie wusste er nicht, wohin mit seinen Händen, denn er verschränkte die Arme, dann löste er sie wieder und ließ sie hängen, um sie eine Millisekunde später erneut zu verschränken.

»Uns ist zu Ohren gekommen, dass Sie sich mehrmals mit Paula Friese privat getroffen haben«, sagte die Kommissarin frei heraus und war auf seine Reaktion gespannt.

Anscheinend hatte sie damit voll ins Schwarze getroffen, denn Oliver Koopmann wischte sich über die Stirn, auf der sich feine Schweißperlen gebildet hatten. Sein Gesichtsausdruck verriet mehr als tausend Worte. »Ich? Was … warum … wie kommen Sie denn auf so einen Blödsinn?!«

»Eine Zeugin hat gesehen, wie Paula Friese morgens aus Ihrem Hotelzimmer gekommen ist«, sprach Fenna weiter.

»Bitte?!«, rief er entsetzt.

Henning stieg mit ein. »Wir haben Telefondaten, die belegen, dass Sie einige Male mit Paula telefoniert haben.«

»Also, Herr Koopmann, was sagen Sie dazu?«, fragte die Kommissarin ihn direkt.

Er hüllte sich in Schweigen.

»Ich gehe davon aus, dass Paula mit Ihnen eine Nacht verbracht hat, damit Sie ihr zu dem Titel verhelfen«, äußerte Fenna ihre Vermutung laut. »Und dann hat Paula Sie damit erpresst, es Ihrer Frau zu sagen.«

Herr Koopmann schaute sie pikiert an, und genauso klangen seine folgenden Wörter. »Nein! Ich habe nichts mit Paula gehabt! Ich bin glücklich verheiratet! Und ich wurde auch nicht von ihr erpresst!«

»Dann sind wir ganz Ohr, was Paula bei Ihnen auf dem Zimmer gesucht hat und warum Sie mit ihr telefonischen Kontakt hatten«, ermutigte Fenna ihn, die Wahrheit zu sagen.

»Paula war bei mir auf dem Zimmer, weil sie herausgefunden hat, dass eine der Teilnehmerinnen illegale Diätpillen zu sich nimmt. Und sie hat sich darüber aufgeregt, dass sie die einzige Insulanerin bei dem Contest ist … also war. Und deshalb hat sie mich ein paar Mal kontaktiert, sie wollte wissen, ob ich in der Hinsicht etwas machen kann.«

Die Kommissare tauschten skeptische Blicke aus. »Und warum haben Sie uns das nicht gleich gesagt?«, warf Fenna ihm vor.

Er zuckte mit den Schultern und brachte unsicher hervor: »Keine Ahnung. Vielleicht, weil ich nicht die ganze Wahl in Gefahr bringen wollte. Es steckt unwahrscheinlich viel Geld in der Sache, und wir als einer der Hauptsponsoren können das Risiko nicht eingehen, dem Ruf der Firmen zu schaden. Wäre das mit den illegalen Diätpillen an die Öffentlichkeit geraten, wäre das ein Riesenskandal geworden!«

Henning meinte: »Und da haben Sie gedacht, bringe ich Paula Friese lieber zum Schweigen.«

Oliver Koopmann lief aufgebracht vor den Polizisten umher. »Was? Nein! Ich habe Paula nicht umgebracht! Außerdem habe ich ein Alibi, das Sie selbst überprüft haben.«

Ja, da musste Fenna ihm recht geben. Das konnten sie anhand der Telefonliste bestätigen. Koopmann hatte sicherlich nicht mit seiner Frau telefoniert und während des Gespräches Paula Friese mit einem Stein erschlagen. »Ist Ihnen noch irgendetwas eingefallen? Hat Paula noch jemand anderem gegenüber die Angelegenheit mit den Diätpillen erwähnt?«, schlug Fenna eine andere Richtung ein.

Herr Koopmann beruhigte sich wieder. »Nein. Sie war an mich herangetreten, weil sie mir vertraute, und ich habe das heikle Thema auch vertraulich behandelt. Ich konnte ihr nicht weiterhelfen und sagte ihr, sie soll lieber den Mund halten, wenn sie die Wahl wirklich gewinnen wollte.«

Henning Petersen gab sich mit der Aussage von Herrn Koopmann zufrieden. »Gut, wir bedanken uns für Ihre Zeit. Einen schönen Tag noch!«

»Wissen Sie, wie es mit der Wahl weitergehen soll?«, wollte die Kommissarin von ihm erfahren.

Es folgte ein lauter Seufzer und sein Gesichtsausdruck verhieß nichts Gutes. »Sie wird abgesagt und nicht wiederholt. Die Veranstalter fänden es zu makaber, wenn die Wahl weitergehen würde, und an einem späteren Zeitpunkt geht es leider nicht, da die Gewinnerin schon nächste Woche an der Wahl zur Miss Niedersachsen teilnehmen sollte.«

»Das ist schade, besonders für die Teilnehmerinnen«, sagte sie mitfühlend, worauf ihr Kollege ihr einen skeptischen Blick zuwarf, der so viel sagte wie: Was stimmt denn mit dir nicht? Fenna verabschiedete sich von Herrn Koopmann, indem sie die Hand hob und

Henning durch die offene Tür folgte. »Was hatte denn dein Blick gerade zu bedeuten?«, fragte sie ihn, als beide den Weg zurück zum Ausgang einschlugen.

»Findest du diese öffentliche Zurschaustellung etwa toll?«, brachte er in einem leicht vorwurfsvollen Ton hervor.

»Nein, aber die Kandidatinnen haben einen Traum und hätten diese Misswahl als Sprungbrett benutzen können. Viele der Teilnehmerinnen sind im Anschluss in der Kosmetikbranche tätig oder nehmen einige Model-Aufträge an, um ihr Studium zu finanzieren. Es ist nicht alles schlecht an diesen Wahlen«, tat sie ihre Meinung zu dem Thema offen kund. Die Misswahlen waren auf der ganzen Welt in Ungnade gefallen, da die Feministen meinten, dass das Bild der Frau in den Schmutz gezogen wurde und diese nur als Sexobjekt betrachtet wurden. Was zum Glück nicht komplett zutraf. Fenna hatte eine ehemalige Miss Bayern kennengelernt, die nach der Wahl ihr Medizinstudium beendet hatte und bei *Ärzte ohne Grenzen* einen fabelhaften Job erledigte. Aufgrund ihres vorherigen Titels waren ihr einige Türen geöffnet worden, die ansonsten zugeblieben wären.

Das Thema schien für Henning aber erledigt zu sein, denn er ging nicht weiter darauf ein, sondern sie fuhren zurück zur Polizeistation.

Hauptkommissar Wiemer hatte bereits auf seine Kollegen gewartet und stürmte aus seinem Büro. Er schaute sie gebannt an: »Und? Habt ihr was in Erfahrung bringen können?«

Henning gab ihm Antwort: »Nicht wirklich. Oliver Koopmann hat ein Alibi und uns erklärt, warum er mit Paula einige Telefonate geführt hat.«

»Ja, und? Was war seine Begründung?«

Kollege Petersen klärte den Boss auf und fügte hinzu: »Wir müssen mehr über diese Diätpillen herausfinden. Wer von den Teilnehmerinnen hat sie genommen? Vielleicht wollte Paula diese Person auffliegen lassen, somit wäre eine Konkurrentin weniger im Spiel.«

»Damit könntet ihr sogar recht haben!«, rief Timo, der gerade aus der Küche kam. »Ich habe heute mal die Jury-Mitglieder unter die Lupe genommen und herausgefunden, dass die Leiterin Frau Schräder bereits vorbestraft ist.« Der Kollege blieb stehen und hielt ein Stück von Brunis Kuchen in der Hand. »Und zwar hat die Polizei sie vor Jahren mit illegalen Diätpillen erwischt.« Dann biss er genüsslich hinein.

65

»Das ist ja mal ein Ding!«, sagte Fenna und bezog ihre Aussage eher auf das Stück Kuchen, das sich in der Hand ihres Kollegen befand.

Timo reichte ihr einen Zettel. »Hier, ich habe euch alles ausgedruckt. – Ich mache dann Feierabend, wir sehen uns!«

»Woher hast du denn das Stück Kuchen?« Fenna konnte sich diese Frage nicht verkneifen und beäugte ihn aus schmalen Augen.

»Habe ich mir im Schreibtisch gebunkert. Schmeckt lecker. Brunis Backwerke sind einfach fabelhaft und sehr schnell vergriffen.« Er untermalte seine Worte, indem er laut schmatzte.

»Ja, habe ich auch gemerkt, tschüss!« Fenna verkniff sich einen weiteren Kommentar und ihr Blick huschte über die Notizen. Frau Schräder war vor fünf Jahren mit dem Gesetz in Konflikt gekommen, da sie mit illegalen Diätpillen erwischt worden war. Sie hatte bei einer Hamburger Modelagentur gearbeitet und einigen Mädchen diese gefährlichen Pillen verkauft. Da Schräder damals bereit war, den Dealer zu verraten, kam sie mit einer Bewährungsstrafe davon. Seitdem war kein weiterer strafrechtlicher Eintrag erfolgt. War sie etwa rückfällig geworden oder war es nur ein purer Zufall?

»Und? Was hat unser Kollege herausgefunden?«, drang die tiefe Stimme von Henning in ihre Gedanken.

Fenna schaute zu ihm auf und berichtete, was Timo herausgefunden hatte. »Glaubst du, Schräder ist rückfällig geworden?«, stellte sie ihm dieselbe Frage, die ihr gerade durch den Kopf gegangen war.

Henning rieb sich die Stirn. »Und bringt dadurch ihren guten Posten in Gefahr?«

Sie ahmte seine Geste nach und fügte hinzu: »Tja, dann müssen wir noch mal zum Hotel und Frau Schräder darauf ansprechen.«

Im nächsten Moment betrat Hoschi das Büro und hielt doch tatsächlich ein Stück von Brunis Kuchen in der Hand. »Ja, sag mal, spinne ich! Hast du den Kuchen auch im Schreibtisch gebunkert?«, rief die Kommissarin vorwurfsvoll.

Hoschi blieb direkt vor ihr stehen und schaute sie an, als wäre er sich keiner Schuld bewusst. Er deutete mit seinem Zeigefinger auf das Stück in seiner linken Hand. »Frischhaltebox. Seitdem Bruni für uns kocht und backt, habe ich stets passende Behälter hier.«

Ist es denn zu fassen!, dachte Fenna und rollte theatralisch mit den Augen. Hätte sie mal auf ihre Mutti gehört, dann hätte sie so einiges

66

an Frischhalteboxen mit auf die Insel gebracht und nicht unzählige Waschlappen!

»Wieso fragst du? Hast du kein Stück erwischt?«, drangen die Fragen in ihre Gedanken.

Fenna schüttelte den Kopf und nahm einen tiefen Atemzug. »Nein, habe ich nicht«, kam es gepresst über ihre Lippen und ein säuerliches Grinsen rundete ihre Emotionen ab.

Hoschi schien das in keiner Weise zu stören, er biss genüsslich in den Napfkuchen und einige Krümel verfingen sich in seinem gepflegten Bart. »Hast echt was verpasst!«

»Fen! Wir müssen einen Mord aufklären und nicht über Brunis Kuchen diskutieren – außerdem hattest du doch ein Stück von *Uschis Strandladen*!«, mischte Henning sich in ihr Kuchendebakel ein.

»Jaaa … ich rufe im Hotel an und frage nach, ob Frau Schräder da ist.« Hoschi machte keine Anstalten weiterzugehen, sondern futterte vor ihren Augen den Kuchen auf. Um weiteren Kommentaren ihrer Kollegen zu entgehen, schnappte sie sich den Hörer und rief im Hotel an. Ihr wurde mitgeteilt, dass Frau Schräder vor einer halben Stunde das Hotel verlassen hatte und bis zum jetzigen Zeitpunkt nicht zurück sei. »Sie ist nicht da.«

»Dann machen wir jetzt Feierabend.« Henning räumte seine Notizen zusammen. »Wir sprechen morgen mit ihr.«

»Hat jemand von euch einen Hammer?«, fiel es ihr siedend heiß ein. Fenna wollte unbedingt die Magnettafeln an die Wand bringen.

Beide stutzten und guckten sie an, als hätte ihre Kollegin sie um etwas Außergewöhnliches gebeten. Hoschi lachte kurz und abgehackt. »Wozu brauchst du denn einen Hammer?«

Fenna machte eine ernste Miene. »Damit ich jedem, der mir ein Stück Kuchen geklaut hat, mit dem Hammer vors Knie schlagen kann.« Als sie deren entsetzte Gesichter sah, konnte sie nicht anders und prustete los vor Lachen. Nachdem sie sich wieder beruhigt hatte, klärte sie die Herren auf. »Ich muss einige Nägel in die Wand hauen und habe kein Werkzeug.«

»Frage doch deinen Arzt!«, zahlte es Hoschi ihr mit gleicher Münze zurück.

»Witzig!« Fenna streckte ihm die Zunge heraus und Hoschi verschwand lachend.

67

10. Kapitel

»Ich habe Werkzeug, muss es nur aus meiner Wohnung holen«, bot der Kommissar seiner Kollegin an. »Ich bin in dreißig Minuten bei dir.«

Fenna schenkte ihm ein dankbares Lächeln. »Das wäre super, dann kann ich endlich noch ein bisschen Platz in der Küche schaffen.«

Die beiden verließen die Polizeistation in unterschiedliche Richtungen. Fenna nutzte die Gelegenheit und kaufte ein paar Kleinigkeiten beim Inselsupermarkt *Kiek in* ein, in dem Heike Bunger arbeitete. Der Laden lag zwar nicht auf ihrem direkten Nachhauseweg, aber sie nutzte die Chance, um eventuell etwas über die Teilnehmerin in Erfahrung bringen zu können.

Der Supermarkt war zu ihrer Überraschung sehr gut besucht. An den zwei Kassen, die geöffnet waren, reihten sich unzählige Kunden aneinander. Der Geräuschpegel war hoch, da sich viele Kinder im Geschäft aufhielten, die lautstark herumtobten, weil ihnen langweilig war, oder quengelten, da sie vor dem Abendessen unbedingt ein Eis haben wollten, das ihnen die Eltern untersagten.

Fenna schnappte sich einen Einkaufskorb, und da sie genau wusste, was sie benötigte, wuselte sie flink durch die Gänge. In der Spirituosenabteilung waren gerade zwei Verkäuferinnen dabei, das Sortiment aufzufüllen, und unterhielten sich. Und das nicht gerade leise. Als Fenna den Namen Heike hörte, blieb sie stehen, spitzte ihre Lauscher und tat so, als würde sie sich eine Flasche aussuchen. Die beiden Damen nahmen die uniformierte Frau gar nicht wahr, da sie mit dem Rücken zu ihr standen.

»Glaubst du wirklich, die sagen die Misswahl ab?«, äußerte sich die dunkelhaarige Verkäuferin.

»Klar, immerhin ist Paula Friese umgebracht worden, das ist echt heftig – ich fand sie von den Teilnehmerinnen am schönsten. Heike hätte eh nie den Titel bekommen, die ist viel zu hässlich. Hast du gesehen, wie blöd die sich schminkt? Als wäre sie in einen Tuschkasten gefallen«, lästerte die Kollegin und es folgte ein gehässiges Lachen.

Oh. Anscheinend hatte es sich schon bis hierher herumgesprochen, dass Paula Friese nicht mehr lebte, und es hatte den Anschein, dass Heike nicht beliebt war – jedenfalls nicht bei ihren beiden Kolleginnen. Die Kommissarin nahm willkürlich eine Flasche aus dem Regal

68

und betrachtete das Etikett. Weißer Rum. Oh nee, der war ihr viel zu hochprozentig! Fenna mochte nur trockene Weine oder Prosecco, also stellte sie die Pulle zurück.

»Mein Vater ist doch im Stadtrat, und der sagt, dass Paula sich beim Event-Manager beschwert hat. Die müssen sich wohl ordentlich gezofft haben. Der Typ war stinksauer auf sie und soll sie achtkantig aus seinem Büro geschmissen haben«, meinte die blonde Frau. »Ob er Paula deswegen getötet hat?«

Ihre Kollegin riss vor Entsetzen die Augen auf. »Glaubst du?«

Sie zuckte mit den Achseln und öffnete einen neuen Karton, in dem sich weitere Rumflaschen befanden. »Wer soll es denn sonst gewesen sein?«

»Vielleicht war es ja Heike, weil sie wusste, dass sie als Nicht-insulanerin keine Chance gegen Paula hatte, außerdem sagte Peter zu mir, dass er gehört hat, dass Heike zum Ende der Saison entlassen wird«, tratschte die Dunkelhaarige weiter.

»Wo finde ich denn die Weine?«, fragte Fenna in die Unterhaltung hinein.

Die blonde Verkäuferin lächelte und zeigte in die Richtung. »Einen Gang weiter.«

»Danke!« Fenna machte sich auf den Weg zu den trockenen Weinen. Aha. Also hatte Paula sich mit dem Event-Manager angelegt, wer immer das auch sein mochte. Aber das konnte die Kommissarin ganz schnell in Erfahrung bringen. Ein Blick auf ihre Armbanduhr verriet ihr, dass sie sich sputen musste. Sie hatte nur noch knapp zehn Minuten Zeit, bis Henning mit dem Werkzeug bei ihr auftauchte. Fenna schnappte sich eine Flasche Rotwein und eilte zur Kasse. Die Schlange hatte sich nicht wirklich aufgelöst, und somit kam sie tatsächlich einige Minuten zu spät zu Hause an.

Henning hatte sich auf die Eingangsstufen gehockt und spielte mit einem Grashalm, den er wegwarf, als er seine Kollegin auf sich zukommen sah. »Wo warst du?«

Fenna eilte an ihm vorbei und hielt den Stoffbeutel hoch. »Sorry, musste noch was einkaufen und habe dabei sogar etwas im Mordfall Paula erfahren.« Sie kramte in ihrer Handtasche nach dem Schlüssel.

Henning stutzte. »Wo denn genau? Zwischen Fleischtheke und Spirituosen?«, scherzte er trocken.

Seine Kollegin schenkte ihm ein breites Grinsen und öffnete die Tür. »Spirituosen.«

69

Henning gab einen Seufzer von sich und folgte ihr in die Wohnung. »Na, da bin ich aber mal gespannt.«

Fenna steuerte gleich die Küche an und stellte die Einkaufstasche auf den Tisch ab. Henning blieb im Türrahmen stehen und ließ seinen Blick durch den Raum schweifen. »Was soll denn an die Wand gebracht werden?«

Sie deutete auf die Magnettafeln, die links neben dem großen Kühlschrank auf dem Boden standen. »Die Nägel bekomme ich schon selbst in die Wand. Ich brauche nur das Werkzeug.«

Henning stellte den mitgebrachten Koffer ab, öffnete ihn und nahm Hammer und eine Dose mit Nägeln heraus. »Wenn ich schon mal hier bin, kann ich das übernehmen. Was willst du denn mit den ganzen Tafeln?« Er schaute sie neugierig an.

Seine Kollegin blieb vor der Kühlschranktür stehen, auf der unzählige Magneten zu sehen waren. »Hierfür!«

Seine rechte Augenbraue ging nach oben und er war sichtlich überrascht. »Du sammelst diese kitschigen Teile wirklich?«

»Klar, hast du mir etwa nicht geglaubt, als ich dir von meiner Sammelleidenschaft erzählt habe? Da bin ich aber echt enttäuscht von dir, Henning!« Fenna konnte sich noch genau an den Moment erinnern, als sie ihm davon berichtet hatte. Sie waren in Emden auf Streife gewesen und wurden zu einem Ladendiebstahl gerufen. Ein junges Mädchen hatte in einem Spielzeuggeschäft einen Schlüsselanhänger gestohlen. Während Henning sich um die Diebin kümmerte, hatte Fenna die verschiedenen Magnete entdeckt, die in der Nähe der Kasse aufgebaut waren. Sie betrachtete sie eingehend und hatte dabei ihren Kollegen vergessen, der sie zu sich rief, damit sie die Leibesvisite durchführen konnte. In einem kleinen Nebenraum tastete Fenna das Mädchen nach weiterem Diebesgut ab und fand noch einen zweiten Schlüsselanhänger. Und zwar hatte das Mädchen seine Jeans leicht hochgekrempelt, und in der Falte steckte ein MickyMouse-Anhänger. Raffiniertes Versteck! Bei dem Gespräch stellte sich heraus, dass Jennifer zwölf Jahre alt war und Schlüsselanhänger sammelte. In diesem Zusammenhang erwähnte Fenna ihre Leidenschaft für Kühlschrankmagneten. Anscheinend hatte Henning sie damals nicht ernst genommen, sonst wäre er jetzt nicht so überrascht gewesen.

70

Der Ostfriese fuhr sich über sein Haar und ließ seine Hand im Nacken ruhen. »Na, nicht so richtig – ich meine, wer sammelt schon Kühlschrankmagneten?«

Fenna packte ihre Einkäufe aus dem Beutel und sortierte alles in die Schränke, außer die Flasche Wein, die behielt sie in der Hand. »Na, ich! – Auch ein Glas?«

Der Kommissar nickte. »So, dann sag an – wo sollen deine Raritäten präsentiert werden?«

Fenna zeigte ihm genau, wo die Tafeln angebracht werden sollten. Während Henning sich daran machte, die Löcher mit einem Bleistift an die Wand zu zeichnen, und mit einer kleinen Wasserwaage diese sogar auf ihre Genauigkeit prüfte, bereitete Fenna ein paar Schnittchen vor und goss den trockenen Rotwein ein.

Nachdem die silbernen Tafeln ihren Platz an der Wand gefunden hatten, nahmen die beiden an dem kleinen Küchentisch Platz und ließen sich die Schnittchen und den Wein schmecken.

»Jetzt erzähl endlich, was du in der Spirituosenabteilung für bahnbrechende Neuigkeiten für unseren Fall erfahren hast«, drängte Henning und sah sie ungeduldig an.

Fenna berichtete von dem belauschten Gespräch, das die beiden Verkäuferinnen im *Kiek in* geführt hatten. »Kennst du zufällig den Namen des Event-Managers?«

Er schüttelte den Kopf. »Nein, aber das lässt sich schnell ändern.« Henning holte sein Telefon hervor, tippte darauf herum und zeigte ihr wenige Augenblicke später den Event-Manager von Norderney. »Lars Schnitker.«

Fenna betrachtete das kleine Foto. »Sieht sehr jung aus.«

»Findest du dreißig Jahre noch jung?« Henning zog eine Braue hoch, drehte das Display wieder zu sich und las den Text, der unter dem Foto aufgeführt wurde.

»Ja, aber du bist schon ein alter Knacker, ab Mitte dreißig geht es bergab – glaube mir«, nahm sie ihn auf die Schippe.

Ihr Kollege tat entsetzt und nahm einen Schluck vom Rotwein. »Das muss ich mir von einem Grünschnabel sagen lassen – ich fasse es ja nicht! Männer werden doch für euch Frauen erst ab Mitte dreißig richtig interessant.« Ein lausbubenhaftes Grinsen folgte.

Fenna schnalzte mit der Zunge und konterte in einem provozierenden Ton: »Und warum bist du dann solo? Du bist doch ein echt toller und gutaussehender Kerl.«

71

Er drehte das Glas zwischen seinen schlanken Fingern und wirkte plötzlich nachdenklich. »Gutes Aussehen kann manchmal auch ein Fluch sein.«

Ein wehmütiger Seufzer kam ihr über die Lippen. Ja, davon konnte sie ein Lied singen.

Sie selbst hatte sich nie als hübsch angesehen, doch schon seit der sechsten Klasse hatte Fenna genug mit neidischen Mädchen zu tun bekommen. Jeder Lehrer mochte die quirlige Pastorentochter und somit kam Fenna oft in den Genuss, bevorteilt zu werden, obwohl sie es gar nicht wollte. Das führte halt zu Neid, eine der sieben Todsünden. Fenna zog sich daraufhin unscheinbar an und schminkte sich nicht, obwohl alle Mädchen in ihrem Alter dem Make-up-Wahn verfallen waren. Das wiederum brachte die Mitschülerinnen dazu, sie als alte Jungfer zu beschimpfen. Als Fenna auf das Gymnasium wechselte und von der Modelagentur entdeckt wurde, lernte sie, mit ihrer natürlichen Schönheit und besonders mit den Neidbacken, die sie umgaben, umzugehen. Auf der Polizeischule hatte sie einen Ausbilder, der ihr glatt vorgeschlagen hatte, dass sie lieber die Schauspielschule besuchen sollte, anstatt die Laufbahn einer Polizistin einzuschlagen. Gutaussehende Polizistinnen hatten immer Schwierigkeiten im Dienstablauf, da sie nicht ernst genommen oder angebaggert wurden. Doch Fenna wollte beweisen, dass ihre Schönheit sie nicht davon abhalten würde, den Beruf gewissenhaft auszuüben. Henning war der erste Kollege, der sie von Anfang an für voll nahm und sie nicht auf ihr Aussehen reduziert hatte. Vielleicht hatte auch er mit solchen Problemen zu kämpfen, denn wie schon erwähnt – Henning war ein echter Hotti, und Fenna entgingen nie die anschmachtenden Blicke der Damen, mit denen sie zu tun hatten, oder die neidischen von den Kerlen, die ihren Kollegen als Konkurrenten ansahen. Vermutlich verstanden die beiden sich deshalb auf Anhieb so gut.

»Sorry, ich wollte nicht zu persönlich werden«, sagte sie und sah ihn entschuldigend an.

Er schenkte ihr ein sanftes Lächeln und kam wieder auf das eigentliche Thema zu sprechen. »Aber was für ein Motiv hätte Lars Schnitker denn?«

»Dass Paula die einzig wahre Insulanerin unter den Teilnehmerinnen war – vielleicht wollte sie die Wahl verhindern oder hat Lars Schnitker bedroht?«

72

Henning stimmte ihren Worten durch ein Nicken zu. »Der Sache gehen wir morgen auf alle Fälle nach.« Er warf einen Blick zur Wanduhr und stand auf. »So, meine Arbeit ist hier getan. Wir sehen uns morgen! – Danke für Speis und Trank! Und sobald du deine Sammlerstücke ausgepackt hast, komme ich wieder – den Unsinn möchte ich mir aus der Nähe betrachten.«

Fenna verpasste ihm einen kameradschaftlichen Puffer gegen die Schulter und begleitete ihn bis zur Tür. Danach räumte sie die Küche auf und packte alle Magneten aus der Holzkiste aus. Nach fast zwei Stunden waren alle auf den Tafeln verteilt. Fenna verschränkte die Arme und betrachtete voller Stolz ihre Sammlerstücke. Dann heftete sie den weißen Umschlag mit dem Finderlohn an eine der Tafeln. Dabei fiel ihr auf: Von Norderney hatte sie noch gar kein Magnet – aber das ließ sich ja schnell ändern.

*

Am nächsten Morgen trudelte Fenna überpünktlich auf der Polizeistation ein und wurde gleich von einer gutgelaunten Bruni in Beschlag genommen. »Moin Fenna! Wie geht es deiner Wunde und hat dir der Kuchen geschmeckt?«

»Der war wie immer traumhaft, liebe Bruni!«, schallte es von Hoschi herüber, der genussvoll in ein Brötchen biss.

Fenna warf ihm einen bösen Blick zu, worauf ihr Kollege ihr ein Zwinkern schenkte. »Ja, also – den kannst du gern noch mal backen.« Sie vermied es lieber, ihr gegenüber zu erwähnen, dass sie kein einziges Stück genießen konnte, denn sie wollte nicht ihre Kollegen in die Pfanne hauen. Deshalb fügte sie schnell hinzu: »Und der Wunde geht es gut, danke der Nachfrage.«

Bruni sprach hinter vorgehaltener Hand zu ihr: »Kleiner Tipp: Besorge dir Frischhalteboxen und bunkere dir immer gleich was, sonst futtern die Kerle dir nur alles vor der Nase weg. So schnell kannst du gar nicht gucken!«

Die Kommissarin seufzte innerlich. »Den Rat werde ich umsetzen.«

Bruni strahlte sie in der nächsten Sekunde glänzend an. »Ich habe gerade den Doktor gesehen!«

»Was wollte der denn schon wieder hier – oder funktioniert das Internet im Krankenhaus noch immer nicht?« Henning war, ohne dass Fenna es bemerkt hatte, hinter sie getreten.

73

Sie drehte sich zu ihm um und es kam ihr so vor, als würde ein Hauch von Missfallen in den Worten ihres Kollegen mitschwingen. Und zu ihrem persönlichen Übel spürte sie, dass ihre Wangen rosa wurden. Sie zog eine Grimasse, um es zu vertuschen, und sagte mit fester Stimme: »Nein – der Doktor war nicht hier. Bruni hat ihn gerade auf der Straße getroffen.«

Henning nickte und verschwand daraufhin in die Küche.

»Hast du schon mal wieder mit ihm gesprochen?«, fragte Bruni.

»Mit wem?«

Die Frau des Bosses rollte mit den Augen. »Na, mit dem gutaussehenden Doktor natürlich!«

Fenna schüttelte seicht den Kopf. »Nein, warum sollte ich?«

Bruni kicherte, hob die Hand und rief im Gehen: »Ach, nur so! Schönen Tag!«

Henning kam mit einer Tasse Kaffee zurück. »Und? Konntest du alle Liebesfragen von Bruni beantworten?«

»Liebesfragen? Euch haben sie doch alle die falschen Pillen zum Frühstück verabreicht!«, haute Fenna heraus und machte sich daran, die E-Mails zu kontrollieren.

Die Antwort ihres Kollegen war ein schelmisches Grinsen, das er ihr über den Rand der Kaffeetasse zuwarf.

11. Kapitel

Während beide schweigend ihrer Arbeit nachgingen, erschien Hoschi und pfefferte Fenna ein deutschlandweit bekanntes Klatschblatt vor die Nase. »Der Mord steht auf Seite 3. Anscheinend wollen sich jetzt ein paar Fans der guten Dame auf den Weg nach Norderney machen und Kerzen für sie anzünden. – So, ich mache jetzt meine Runde durch die Stadt. Bis später!«

Die Kommissarin hob die Hand, sagte »Tschüss!« und blätterte zur Seite 3. Sie entdeckte ein Bild von Paula Friese, darüber in fetten Lettern die Schlagzeile: Wer schön sein will, muss sterben! Ha, das war letztens auch ihre Aussage gewesen.

»Und? Was schreibt das Klatschblatt?«, fragte Henning sie neugierig.

Fenna antwortete nicht sofort, da sie den Text las. »Moment.« Sekunden später sagte sie zu ihrem Kollegen: »Dass es ein grausamer Mord sei und die hiesige Polizei völlig im Dunklen tappe. Sie vermuten einen erbitterten Konkurrenzkampf unter den Teilnehmerinnen, oder bei Paula stimmte das private Umfeld nicht. Es wird auch das Wort Drogenmissbrauch in dem Zusammenhang erwähnt. Oder ob ein Serienkiller es jetzt auf Schönheitsköniginnen abgesehen hat. Typisch für diese Zeitung …« Fenna seufzte und legte das Schmierblatt zur Seite. »Und dass sich Follower von Paula Friese auf den Weg machen, um ihrer zu gedenken.«

»Komm, dann lass uns fix dem jungen Lars Schnitker einen Besuch abstatten. Ich habe keine Lust, dass ab morgen hier Hunderte von Verrückten auf die Insel strömen und unsere Ermittlungen ausbremsen.« Er schnappte sich seine Mütze, und da ein Polizeifahrzeug vor der Station stand, kassierte Henning gleich die Autoschlüssel – bevor es ein anderer tat und sie wieder mit dem Rad losmussten.

Am Kurplatz und dem angrenzenden Rosengarten herrschte Hochkonjunktur. Viele Gäste schlenderten durch den Park, einige von ihnen nahmen auf einer der Bänke Platz und lauschten der Musik, die eine kleine Gruppe auf der Konzertmuschel-Bühne zur Untermalung beisteuerte. Da der Rosengarten übergangslos in die Einkaufsstraßen von Norderney verlief und die Strandpromenade ebenfalls schnell zu erreichen war, herrschte hier ein bunter Trubel.

75

Das weiße Rathaus lag etwas abseits des Kurplatzes, somit konnte Henning den kleinen Wagen in einer Nebenstraße parken.

In der Empfangshalle hing eine Infotafel, auf der alle Abteilungen des Rathauses aufgelistet waren, wodurch sie schnell herausfanden, in welchem Zimmer sie Herrn Schnitker vorfinden würden. Vor der Nummer 213 blieben die Beamten stehen. Henning klopfte, worauf eine Männerstimme »Herein!« rief und ihr Kollege die Tür öffnete.

Lars Schnitker saß hinter einem Schreibtisch und war, wie nicht anders zu erwarten, am Telefonieren. Er lächelte die Polizisten freundlich an und gab ihnen durch ein Handzeichen zu verstehen, dass sie sich setzen sollten.

Fenna ließ ihren Blick interessiert durch den hellen Raum schweifen. An den Wänden hingen Plakate von sämtlichen Künstlern, die bereits auf Norderney einen Auftritt absolviert hatten, darunter sogar wirkliche Berühmtheiten. Oder, wie Fenna an dem entsprechenden Datum erkennen konnte, stand deren Besuch noch bevor. Es hing sogar ein Plakat der Miss-Norderney-Wahl an der Wand – tja, dieses Event hatte sich aufgrund eines Mordes inzwischen erledigt.

»Moin, was kann ich für die Inselpolizei tun?« Lars Schnitker hatte sein Telefonat beendet und blickte die Beamten freundlich an.

Henning eröffnete das Gespräch und sagte: »Moin! Mein Name ist Petersen, das ist meine Kollegin Hansen. Wir möchten mit Ihnen über Paula Friese sprechen.«

Sofort veränderte sich sein freundlicher Gesichtsausdruck und er wirkte sichtlich betroffen. »Es ist einfach unbeschreiblich grausam, was Paula widerfahren ist – mir fehlen ehrlich gesagt die Worte. So eine junge, wunderschöne Frau. – Haben Sie den Täter schon fassen können?«

»Nein, deshalb sind wir hier«, antwortete der Kommissar.

Herr Schnitker zog eine Braue hoch. »Ich wüsste nicht, wie ich Ihnen da weiterhelfen könnte. Ich kannte Paula Friese gar nicht, also persönlich … ich habe sie lediglich bei der allgemeinen Vorstellungsparty gesehen.«

Fenna entgegnete: »Na, da haben wir aber was ganz anderes gehört, Herr Schnitker – und zwar, dass Paula bei Ihnen war und Sie lautstark mit ihr gestritten haben.« Sie fixierte ihn mit einem tadelnden Blick.

Schnitker rieb sich das Kinn und überlegte einige Sekunden, bevor er eine Antwort gab. »Worüber soll ich mich denn mit Paula Friese

76

gestritten haben, wenn ich sie doch gar nicht so gut kenne?« Es folgte ein überhebliches kurzes Lachen.

»Oh, das kann ich Ihnen sagen. Es ging darum, dass Paula die einzige Insulanerin unter den Kandidatinnen war«, fuhr Fenna fort. »Und sie war bei Ihnen, hat sich darüber beschwert und es ist zum Streit gekommen.«

»Als Streit würde ich unser Gespräch nicht bezeichnen«, begann er, worauf Fenna ihn aus großen Augen ansah und mit fester Stimme sagte:

»Ah, also war Paula doch bei Ihnen?«

Seine gerade noch besorgte Miene verschwand, und Lars Schnitker wirkte nun verschlossen. »Es war kein Streit zwischen uns. Sie war bei mir, hat sich beschwert und mich gefragt, ob ich als Event-Manager nicht etwas dagegen unternehmen kann. Kann ich aber nicht. Ich organisiere die Lokalitäten, kümmere mich um die Werbung, um die Zeitungsartikel und leite die Social-Media-Nachrichten weiter. Ich habe ihr geraten, die Füße stillzuhalten, und ihr gesagt, dass sie, auch wenn sie nicht Miss Norderney werden würde, trotzdem Erfolg haben kann.«

Henning wollte von ihm wissen: »Und mit so einer lapidaren Aussage hat sich Paula zufriedengegeben?«

Lars warf dem Kommissar einen schmalen Blick zu. Fenna konnte sehen, dass er die Worte ihres Kollegen nicht guthieß. Es zuckte um seine Mundwinkel. »Dieses Business ist hart und Paula hatte den richtigen Biss dafür. Ich habe sie motiviert, sich durch diese Unwichtigkeiten nicht aus der Bahn werfen zu lassen.«

»Und damit war Paula beruhigt?«, bezweifelte Henning seine Worte.

»Ja.« Mehr sagte er nicht dazu.

»Wann haben Sie Paula das letzte Mal gesehen?«, fragte die Kommissarin.

»Das war am Montag, da kam sie kurz vor Büroschluss zu mir. Danach habe ich sie nicht mehr gesehen«, brachte er mit überzeugter Stimme hervor.

»Und wo waren Sie am Mittwoch zwischen achtzehn und neunzehn Uhr, Herr Schnitker?« Henning hatte in der Zwischenzeit Notizblock und Kugelschreiber aus seiner Dienstjacke hervorgezaubert. Der Stift schwebte über dem Papier und er warf seinem Gegenüber einen intensiven Blick zu.

77

Schnitker wippte sachte in seinem Bürostuhl und gab dem Kommissar nach einem kurzen Moment des Schweigens eine Antwort: »Da war ich in der Stadt unterwegs, habe einige Besorgungen gemacht.«

»Gibt es dafür Zeugen?«, hakte Henning nach.

Die Mimik von Herrn Schnitker verdunkelte sich. »Ich wüsste nicht, warum ich ein Alibi für einen Mord benötige, den ich nicht begangen habe, Herr *Petersen*!« Er betonte den Namen extra scharf.

Der Kommissar ignorierte es und fragte unbeirrt weiter: »Hat Paula Ihnen gegenüber erwähnt, dass eine der Teilnehmerinnen angeblich illegale Diätpillen zu sich nimmt?«

»Ja, hat sie.«

»Und? Was haben Sie dazu gesagt?«, schaltete sich Fenna ein.

»Dass ich der falsche Ansprechpartner dafür bin und sie es doch an Frau Schräder weitergeben sollte. Wie schon erwähnt: Ich kümmere mich um ganz andere Dinge.« An seinem gereizten Tonfall bemerkte die Beamtin, dass er langsam genervt war.

»Was halten Sie denn davon, dass die anderen fünf Teilnehmerinnen gar nicht original von Norderney stammen? Finden Sie das nicht ungerecht?«, sprach Fenna weiter.

Schnitker stellte das Wippen ein, beugte sich vor und legte seine Hände wie zum Gebet auf dem Tisch ab. Es folgte ein genervter Seufzer und er antwortete: »Das hat der Rat der Insel so beschlossen. Es geht am Ende darum, Norderney attraktiver zu gestalten und mehr in neue Bauprojekte zu investieren. Eine Misswahl verspricht Aufsehen in den sozialen Netzwerken, Ansehen und somit mehr Geld. Da Norderney leider nicht über genügend junge Insulanerinnen verfügt, die an einer Misswahl teilnehmen können, wurden andere Damen ausgesucht. Sie mussten aber für mindestens sechs Monate hier arbeiten.« Er ließ sich zurückfallen und fügte hinzu: »Außerdem kräht kein Hahn danach. Es geht um die Show, und nachdem eine Frau den Titel gewonnen hat, spricht niemand mehr darüber, aber die Insel und alle, die daran beteiligt waren, sind zufrieden.«

Die Kommissarin erhob sich, schenkte ihm einen bösen Blick und genauso klangen ihre Worte: »Außer Paula Friese, die liegt im Leichenschauhaus. Schönen Tag noch, Herr Schnitker!«

Henning fügte dem nichts mehr hinzu und beide verließen das Zimmer.

78

»Dann werden wir jetzt mal mit Frau Schräder sprechen.« Der Kommissar öffnete die Wagentür.

»Ich weiß nicht warum, aber irgendwie kommt mir dieser Schnitker komisch vor«, äußerte Fenna ihre Bedenken und stieg ein.

»Sieht der Knilch doch nicht so jung aus, wie du es dir erhofft hast?«, scherzte ihr Kollege und setzte das Fahrzeug in Bewegung.

»Haha! – Nein, aber mal ehrlich. Zuerst streitet er ab, dass er Paula näher kennt, und dann gibt er doch zu, dass sie bei ihm war.«

Henning warf ihr einen interessierten Seitenblick zu. »Lass hören, was ist deine Theorie?«

Sie kniff die Lippen zusammen und zuckte mit den Schultern. »Keine Ahnung, ich finde es nur etwas seltsam. Und du kannst mir nicht weismachen, dass er so eine schöne Frau, wie er Paula uns gegenüber bezeichnet hat, einfach so vergisst.«

Er stimmte den Worten seiner Kollegin mit einem Nicken zu. »Wir werden weiter unsere Informationen sammeln. Mal sehen, was Frau Schräder uns erzählen wird.«

Frau Schräder saß gemeinsam mit Herrn Lögering unter einem dunkelblauen Sonnenschirm auf der Terrasse des Hotels *Gezeiten*.

»Moin! Und? Kommen Sie mit den Ermittlungen voran?«, begrüßte der Hotelbesitzer die Beamten und reichte jedem die Hand.

»Moin! Es gibt so einige Informationen, denen wir nachgehen.« Der Kommissar richtete seinen Blick auf Frau Schräder und sagte: »Und deshalb möchten wir gern unter vier Augen mit Ihnen sprechen.«

Herr Lögering entschuldigte sich und ließ die Herrschaften allein. Die beiden nahmen Platz und diesmal begann Fenna das Gespräch.

»Frau Schräder, wir haben erfahren, dass Sie vor Jahren mit dem Gesetz in Konflikt geraten sind, und zwar hat man Sie mit illegal zugelassenen Diätpillen erwischt.«

Frau Schräder wirkte unbeeindruckt. »Und? Was hat das mit dem Fall zu tun?«

»Das hat in der Hinsicht mit dem Fall zu tun, weil Paula den Verdacht geäußert hat, dass eine der Kandidatinnen illegale Diätpillen zu sich nimmt«, half die Kommissarin ihr auf die Sprünge.

Die rechte Braue zog sich in ihre gekräuselte Stirn. »Und? Was habe ich damit zu tun?«

79

Fenna sog Luft durch die Nase, verkniff sich einen fiesen Kommentar und sprach mit sachlicher Stimme weiter: »Kann es sein, dass Heike Bunger diese besagte Person ist?«

»Woher soll ich das denn wissen?«, zickte sie und zog einen Flunsch wie sieben Tage Regenwetter.

Henning schnellte ihr einschüchternd entgegen. »Jetzt hören Sie mir mal gut zu, Frau Schräder! Sie sind vorbestraft wegen illegalen Besitzes von Diätpillen. – Paula war da irgendeiner Sache auf der Spur und wurde ermordet! Finden Sie nicht, dass wir Ihnen diese Fragen stellen dürfen?«

Sie hielt der provokanten Haltung des Kommissars stand. »Tut mir leid, ich habe nichts mit illegalen Pillen am Hut – seit dem Vorfall lasse ich die Finger von dem Teufelszeug. Und ich glaube auch nicht, dass Heike diese Mittel einnimmt.«

»Sie dürfen bis auf Weiteres die Insel nicht verlassen, Frau Schräder«, entgegnete Henning.

Ihre Augen funkelten böse. »Ich muss, so schnell es geht, nach Hamburg zurück.«

»Tut mir leid, Frau Schräder, aber solange Sie sich im Kreis der Verdächtigen befinden, sind Sie verpflichtet, hier zu bleiben. Ich gehe davon aus, dass Herr Lögering weiterhin ein Zimmer für Sie hat«, teilte der Polizist ihr mit sarkastischen Worten mit.

»Ich habe ein Alibi! Ich bin nicht die Mörderin!«, rief sie lauter aus, als sie wollte, worauf sich einige der Gäste zu ihr umdrehten. Sie räusperte sich, schnappte sich ihr Telefon, das auf dem Tisch lag, und stürmte einfach davon.

»Sie ist so eine liebevolle und nette Person«, witzelte Fenna und blickte ihr nach.

»Das Dumme ist, wir können ihr nichts beweisen – wie sie schon gerade selbst gesagt hat: Sie hat ein Alibi. Und dass Paula auf diese Diätpillen gekommen ist, kann ebenfalls nicht bestätigt werden. Vielleicht hat sie das Gerücht in die Welt gesetzt, um eine der Kandidatinnen aus dem Rennen zu kicken?«

»Und was ist, wenn wir einen Durchsuchungsbefehl für Heike Bunger bekommen?«, schlug seine Kollegin vor. »Wir könnten Pillen bei ihr finden.«

Henning schüttelte den Kopf. »Den werden wir nicht bekommen, es gibt keine eindeutigen Hinweise darauf, dass Heike diese Pillen einnimmt. Und nur weil du irgendwelche Anzeichen bei ihr entdeckt

80

hast, die auch von einer Erkältung stammen können … da wird der Richter sich die Haare raufen.«

Fenna blies die Backen auf und ließ die Luft laut entweichen. »Und was machen wir jetzt?«

»Wir reden trotzdem mit Heike Bunger«, schlug ihr Kollege vor. »Mal sehen, ob sie wirklich erkältet ist. Wie war die Adresse?«

Während die beiden zurück zum Wagen gingen, holte die Kommissarin ihr Telefon hervor und schaute in der Polizei-App nach. Dort wurden alle wichtigen Informationen gespeichert und konnten vom jeweiligen Ermittler per Sicherheitscode abgerufen werden. Dadurch ersparte sich die Polizeistation Papier und Personal, und derjenige konnte flink auf die gewünschten Daten zugreifen. Die App war zurzeit noch in der Testphase. »Kiefernweg 12, Wohnung 3.«

Die Straße lag ein Stück außerhalb des Stadtkerns. In dieser Gegend waren viele Ferienwohnungen vorhanden, die bei Saisonarbeitern beliebt waren. Hier gab es kleine Zimmer für kleines Geld. Natürlich war die Ausstattung minimalistisch gehalten, aber für den kurzen Zeitraum war es eine gute Möglichkeit, auf der Insel zu verweilen. Fenna wusste davon, da sie sich eine von den Räumlichkeiten angesehen hatte, bevor Henning ihr die schnuckelige Dachwohnung besorgt hatte.

Der Wagen wurde am Straßenrand geparkt. Die Beamten betraten das rote Backsteinhaus.

Wohnung Nummer 3 lag unten rechts, und auf der Klingel stand *H. Bunger*. Fenna betätigte den Knopf, und wenige Sekunden später öffnete ihnen eine ungeschminkte und in Joggingklamotten gesteckte Heike Bunger die Tür. Im ersten Moment sah sie wirklich erkältet aus. Ihre Augen waren leicht gerötet und ihr Gesicht hatte nicht mehr die gesunde braune Solariumfarbe. Sie war komplett ungeschminkt. »Ja?«

»Hallo Frau Bunger, was macht Ihre Erkältung?«, erkundigte die Kommissarin sich freundlich.

Heike strich sich über ihr Haar, das ihr zottelig vom Kopf stand. Sie sah die Beamtin verwirrt an. »Erkältung?«

»Dürfen wir reinkommen? Wir hätten da noch einige Fragen an Sie«, sagte Henning mit durchdringender Stimme, worauf die junge Frau gleich zur Seite wich.

»Fragen? Ich habe Ihnen doch schon alles gesagt.« Sie führte die Beamten in die Küche. Hier stand ein kleiner runder Tisch mit zwei

81

Stühlen und an der Wand entlang war eine Küchenzeile montiert. Mikrowelle, Kühlschrank, Backofen, Spüle und Hängeschränke waren vorhanden. Für so eine kleine Wohnung schon purer Luxus.

»Entschuldigung, aber darf ich Ihre Toilette benutzen?«, fragte Fenna.

»Ja, klar – zweite Tür rechts.«

Während Fenna das Bad aufsuchte, verwickelte ihr Kollege die Dame ins Gespräch. Fenna musste gar nicht, sondern öffnete die vorhandenen Schränke. Sie fand eine große Packung Abführmittel und eine weiße Dose, wo VITAMIN MIX draufstand. Fenna nahm die Dose, machte den Deckel ab und schüttete sich einige der Tabletten auf die Handinnenfläche. Das waren nie und nimmer Vitamintabletten. Fenna holte eine Beweistüte aus ihrer Jackentasche und steckte zwei davon hinein. Das Labor würde schon herausbekommen, um was für Tabletten es sich handelte. Und sie fotografierte die Packung Abführmittel. Als Alibi für ihren Badbesuch betätigte sie die Spülung und wusch sich die Hände. Dann betrat sie die Küche und signalisierte ihrem Kollegen, dass sie etwas gefunden hatte.

12. Kapitel

Henning bestätigte den Hinweis durch ein Nicken und setzte sein Gespräch fort: »Und wie geht es jetzt mit Ihnen weiter? – Also, ich meine, weil die Misswahl abgesagt wurde und nicht nachgeholt werden kann. Werden Sie irgendwie entschädigt?«

Heike verschränkte die Arme vor der Brust. »Entschädigt? Nein – es ist höhere Gewalt. Wir erhalten keinen Cent und ich habe durch den Mord sogar einen lukrativen Modelauftrag verloren.«

Fenna schaute sie überrascht an. »Wieso das? Sie können doch nichts dafür.«

Es zuckte um ihre Mundwinkel und ihre Augen funkelten wütend. »Natürlich kann ich nichts dafür, aber wir haben alle den Vertrag unterschrieben und da steht halt drin: Bei einem Fall von höherer Gewalt haben wir keinen Anspruch auf Geld oder Entschädigung für geplatzte Verträge.«

»Das ist sehr ärgerlich. Behalten Sie denn wenigstens Ihren Job im Supermarkt?«, fragte Fenna. Bei dem Gespräch zwischen den beiden Verkäuferinnen, das sie zufällig mitanhören konnte, fiel die Äußerung, dass Heike zum Ende des Monats ihre Stelle verlieren würde.

Es folgte ein genervter Seufzer und genauso klangen ihre Worte: »Ich habe gekündigt und ziehe wieder nach Leezdorf zu meinen Eltern.«

»Und wann?«, hakte Henning nach.

»Sobald ich von Ihnen die Erlaubnis erhalte, die Insel zu verlassen.« Heike blickte den Kommissar neugierig an. »Haben Sie den Mörder schon ermitteln können?«

»Nein, Frau Bunger, aber wir sind da etwas ganz Heißem auf der Spur. – Vielen Dank und alles Gute für Sie. Sobald Sie abreisen können, melden wir uns bei Ihnen«, plapperte Fenna und ging zur Haustür. Henning hatte ihr daraufhin einen skeptischen Blick zugeworfen, sagte aber nichts und folgte seiner Kollegin aus der Wohnung.

»Wieso wolltest du so schnell aus der Wohnung?«, fragte er sie, als sie zum Auto gingen.

Fenna öffnete die Tür, nachdem ihr Kollege sie freigeschaltet hatte. »Ich will diese Pillen, so schnell es geht, ins Labor bringen.«

»Da habe ich eine bessere Idee und die geht auch wesentlich schneller!«

»Und die wäre?«

83

»Wir haben im Krankenhaus ein Labor. Außerdem kannst du dann den lieben Doktor besuchen«, zog Henning seine Kollegin mit einem schelmischen Grinsen auf.

Fenna zeigte ihm einen Vogel und stieg ein.

Die Fahrt zum Krankenhaus dauerte nicht lang und Henning steuerte umgehend die Räumlichkeiten von Dr. Perick an – anscheinend war er hier schon mal gewesen. Der Doc hatte seine eigene Praxis im ersten Stock. Als er Fenna vor wenigen Tagen behandelt hatte, war sie im Notfallbereich verarztet worden und der war im Erdgeschoss.

Henning trat durch die Glastür, hinter der sich die Anmeldung befand, und eine junge, blonde Frau begann sofort zu strahlen, als sie den Polizisten sah. »Moin Henning, was kann ich für dich tun?«

»Moin Gabi – wir müssten ganz dringend mit Sven sprechen.« Ihr Kollege erwiderte das Strahlen und lehnte sich lässig auf den Tresen. »Wie war dein Urlaub? Bist ja schön braun geworden.«

Fenna verdrehte hinter seinen breiten Schultern die Augen und säuselte leise vor sich hin: »*Wie war dein Urlaub? Oh, der war blöd, denn du warst nicht bei mir. Aber ich bin schön braun.*«

Ihr Kollege drehte sich zu ihr um und sah sie fragend an. »Hast du was gesagt?«

Sie kniff die Lippen zusammen und schüttelte den Kopf.

Gabi berichtete von ihrem Urlaub, den sie mit einer Freundin auf Mallorca verbracht hatte.

»Wo sind denn die Toiletten?«, rief die Kommissarin zwischen Ballermann und Cocktailparty.

»Draußen, auf dem Gang«, antwortete Gabi und schwärmte jetzt von den Palmen.

Fenna eilte auf den Flur, denn diesmal musste sie wirklich. Sie wollte gerade in die Waschräume gehen, als Lars Schnitker in Begleitung einer Frau um die Ecke kam. Er hielt sie fest im Arm und wirkte unglücklich. Die Frau weinte bitterlich und schluchzte. Bevor das Pärchen die Kommissarin erreichte, verschwand diese fix auf der Toilette.

Bevor Fenna in die Praxis zurückging, bog sie auf dem Flur dort ab, wo die beiden gerade hergekommen waren. ›Frauenarzt Günther Lohrbeck‹, stand auf dem Türschild. Okay? Anscheinend hatten die beiden keine gute Nachricht erhalten.

84

Sie eilte in die Praxis, wo Henning noch immer flirtend bei Gabi stand – zum Glück hatte sie eine liebe Kollegin, die in der Zeit ihre Arbeit übernahm. »Bin wieder da!«, flötete Fenna extra laut und stellte sich direkt neben ihren Kollegen. Was Gabi aber gar nicht störte, denn inzwischen war sie schon beim Rückflug angekommen, der sehr turbulent gewesen war, weshalb sie gegen ihre Übelkeit ankämpfen musste.

In der nächsten Sekunde ging die Tür von Sprechzimmer 1 auf und Doktor Sven Perick erschien. Als er Fenna sah, kam es ihr so vor, als würde er sich freuen, sie zu sehen, denn er zwinkerte ihr zu, worauf ihr Herz einen aufgeregten Satz machte. »Polizei? Was habe ich verbrochen?«, scherzte er zur Begrüßung.

»Wir müssten dringend mit dir reden, hast du kurz Zeit?«, fragte Henning ihn.

»Klar. Geht schon mal ins Sprechzimmer 2 – ich komme gleich.« Sven widmete sich seiner Patientin, die mit ihm aus dem Zimmer gekommen war.

Die Beamten nahmen in Zimmer 2 Platz.

»Sag mal, hat dir der Doc gerade zugezwinkert?«

»Sag mal, hat Gabi vielleicht ein Auge auf dich geworfen?«, entgegnete Fenna mit einem säuerlichen Grinsen auf den Lippen.

»Wer hat ein Auge auf wen geworfen?«, erklang die Stimme von Sven hinter den Beamten, worauf sich beide räusperten. Er nahm hinter dem Schreibtisch Platz und schaute Fenna fordernd an.

»Keine Ahnung, wen sie meint«, haute Henning raus.

»Gabi hat ein Auge auf meinen Kollegen geworfen«, gab Fenna ohne Umschweife von sich und schenkte Henning ein schadenfrohes Grinsen.

»Ach Gabi, die flirtet mit jedem«, tat der Doc Fennas Aussage mit einer laschen Handbewegung ab.

»Siehste? Noch irgendwelche Fragen?«, konterte Henning und grinste seine Kollegin genauso schadenfroh an.

Sven legte seine Hände auf dem Tisch ab. »Ihr seid jetzt aber nicht hier, um über das Flirtverhalten meiner Angestellten zu sprechen, oder?«

Die Polizistin holte schnell den Beweismittelbeutel aus ihrer Jackentasche, um das Thema zu wechseln, und Henning klärte den Arzt über sein Vorhaben auf. »Bis wir das nach Norden ins Labor

85

geschickt haben, vergehen mindestens drei bis vier Tage – die haben wir aber nicht. Kannst du die in deinem Labor checken lassen?«

Perick nahm die Tüte und betrachtete die zwei weißen Pillen. »Schon eine Vermutung?«

»Diätpillen – illegale«, antwortete Fenna.

»Also haben die was mit eurem Fall zu tun?« Er zog eine Braue hoch und behielt dabei Fenna im Blick.

Sie nickte und sprach weiter: »Wir vermuten, dass eine der Teilnehmerinnen diese Pillen zu sich nimmt, und wir haben von einer anderen Kandidatin erfahren, dass Paula ihr anscheinend auf die Schliche gekommen ist.«

Sven legte die Tüte ab. »Also ein Motiv?«

»Das wissen wir noch nicht – deshalb benötigen wir schnell ein Ergebnis, ansonsten ist die verdächtige Person über alle Berge«, machte der Kommissar deren Standpunkt klar.

Sven kratzte sich die Stirn und sah nicht überzeugt aus. »Du weißt, dass ich das eigentlich nicht darf. Wieso verhaftet ihr die Person nicht einfach und behaltet sie bis zum Ergebnis in Gewahrsam?«

»Weil die Person ein Alibi hat«, kam es Henning brummig über die Lippen.

Perick ließ sich zurück in den Sessel sinken und tippte mit seinem rechten Zeigefinger auf der Tüte herum. »Oha! Und warum soll ich dann die Tabletten untersuchen?«

Die Kommissarin argumentierte: »Weil wir der Dame nicht so ganz über den Weg trauen – also in Sachen Alibi und … nun ja – weil …« Ihr fiel kein passender Grund mehr ein, worauf sie dem Arzt ein schüchternes Lächeln schenkte. Oh mein Gott – flirtete sie jetzt etwa mit ihm, um einen Gefallen zu bekommen? Sünde! Drei Mal das Vaterunser beten!

Ihr Flirtversuch schien beim Doc anzukommen, denn er seufzte und nahm die Tüte wieder in die Hand. »Okay, aber auch nur, weil Sie die Neue hier auf der Insel sind.«

Fenna dachte sich verhört zu haben und war sichtlich überrascht. »Danke, Doktor Perick!«

»Und hör bitte auf, mich zu siezen – ich bin Sven und helfe gerne.« Wieder zwinkerte er ihr charmant zu.

Von Henning vernahm sie lediglich ein tiefes Grummeln und er sprang vom Stuhl auf. »Du hast was gut bei mir.« Er ging zur Tür, während seine Kollegin sitzen blieb. »Kommst du?«

»Ja!« Fenna schenkte Sven ein sanftes Lächeln und eilte zur Tür. Perick hob die Hand und das hübsche Gesicht des Arztes verschwand hinter einer weißen Tür.

Auf dem Weg zum Auto sagte Henning kein Wort. Was war ihm denn über die Leber gelaufen? »Alles gut bei dir?«, fragte sie ihn.

»Ich habe Hunger«, war seine knappe Antwort.

»Dann iss ein Snickers – du bist voll die Diva!«, zog sie ihn auf und stieß ihn mit dem Ellenbogen an, worauf ein Lächeln um seine Mundwinkel erschien. »Weißt du, wen ich gerade im Krankenhaus gesehen habe?«

»Nein – erzähl.«

Seine Kollegin berichtete ihm, dass sie Lars Schnitker in Begleitung einer Frau gesehen hatte und diese bitterlich weinte. »Sie kamen vom Frauenarzt.«

Henning musste an einem Zebrastreifen anhalten und warf ihr einen fragenden Blick zu. »Und? Was hat das mit unserem Fall zu tun?«

Fenna zuckte mit den Schultern. »Keine Ahnung – bis jetzt noch nichts, wollte es nur erwähnen.«

Mehrere Kinder überquerten den Zebrastreifen und blieben direkt vor dem Polizeiwagen stehen und winkten. Die Beamten winkten zurück, worauf die Kinder vor Freude quietschten und schnell weiterliefen.

»Willst du eigentlich Kinder?«, wollte Fenna von ihm wissen.

»Nein!«, kam es wie aus der Pistole geschossen und er setzte den Wagen langsam in Bewegung.

Seine Kollegin merkte, dass er über dieses Thema nicht sprechen wollte, und schlug ein anderes ein. »Kannst du mich bei Rossmann rauslassen?«

»Klar.«

Wenige Minuten später erreichten sie die Jann-Berghaus-Straße und Henning hielt den Wagen. »Ich warte hier.«

»Brauchst du auch noch was? Gel? Haarspray? Deo? Kondome? Oder ein Snickers?«

Ihr Kollege zog eine Grimasse und hielt bereits sein Smartphone in der Hand. »Hau ab – ich stehe im Halteverbot. Kommt als Polizist nicht gut.«

Fenna eilte in die Poststraße und betrat den Drogeriestore, in dem die Hölle los war. Sie fand schnell, was sie brauchte, bezahlte an

87

einer der neuen Selbstbezahlkassen und flitzte zurück. Sie ließ sich in den Sitz fallen und warf ihrem Kollegen ein Überraschungsei zu, der sie daraufhin mit einer hochgezogenen Braue ansah. »Spannung, Spiel, Spaß und Schokolade!«, gab Fenna den Werbespruch der Schokoladenfirma wieder.

»Hat dir schon mal jemand gesagt, dass du nicht mehr alle Tassen im Schrank hast?«, brachte er kopfschüttelnd hervor, und dann sah er, was sie sich gekauft hatte. »Tupperdosen?«

Die Kommissarin nickte eifrig und zeigte voller Stolz ihre Ausbeute. Es waren Frischhalteboxen in verschiedenen Farben und Größen. »Ich fahr jetzt die harten Geschütze auf! Hoschi kann mit seiner kleinen Box einpacken – der nächste Kuchen gehört mir!«

Henning nahm einen tiefen Atemzug und fuhr zurück zur Polizeistation.

Fenna verstaute die neuen Frischhalteboxen in ihrem Schreibtisch und ging in die Küche. Schade – heute hatte Bruni keinen Kuchen gebacken, aber dafür standen dort noch frischbelegte Brötchen, und welch ein Wunder, es war noch eine große Auswahl vorhanden. Die Kommissarin legte sich zwei Hälften auf einen Teller, kochte sich einen Tee und schlenderte damit an ihren Arbeitsplatz. »Wenn du noch Brötchen haben möchtest, musst du dich beeilen – ich habe Hoschi vorfahren gesehen.«

Henning starrte auf seinen Monitor und sein Gesichtsausdruck bedeutete nichts Gutes.

»Was ist?«, wollte Fenna wissen. »Ist der Obduktionsbericht da?«

Ihr Kollege schaute zu ihr auf und wirkte sichtlich entsetzt. »Paula war schwanger.«

»Was!« Ihr lief eine Gänsehaut über den Rücken. »Schwanger? Aber, aber … das wusste dann niemand, sonst hätte doch ihr Freund oder ihre Mutter etwas zu uns gesagt, oder?« Warum auch immer hatte sie jetzt Lars Schnitker und die Frau vor Augen, die vom Frauenarzt kamen.

Henning ließ sich in seinen Bürostuhl zurückfallen und fuhr sich über sein Haar. Er wirkte sichtlich betroffen. »Vielleicht wurde Paula deshalb ermordet? Wir müssen noch mal mit ihrem Freund, mit ihrer Mutter und auch mit den Jurymitgliedern sprechen. Diese Information stellt unsere bisherigen Ermittlungen völlig auf den Kopf. – Verdammt!« Er haute mit der Faust auf den Schreibtisch, worauf das

88

Ü-Ei zu Boden kullerte und direkt vor Hoschis Füßen liegen blieb. Er bückte sich, hob es auf und betrachtete es einige Sekunden lang. Dann grinste er und sagte mit seinem trockenen Humor: »Ich wusste schon immer, dass du ein Kindskopf bist!« Er warf es seinem Kollegen zu, der es ohne eine Reaktion auffing und ablegte.

»Ist der kaputt?«, scherzte Hoschi weiter, da sein Kollege keinen dummen Spruch zurückschleuderte.

Die Kommissarin klärte ihn auf, worauf Hoschi entsetzt dreinblickte. »Das tut mir leid. Es ist schon grausam genug, dass sie so jung sterben musste, aber dann noch ein Ungeborenes mit ins Grab zu nehmen, ist echt heftig. Wenn ich euch irgendwie behilflich sein kann, sagt bitte Bescheid, ja?«

»Danke, Hoschi, wir melden uns bei dir.« Fenna musste an ihren Vater denken. Er hatte in seiner Gemeinde ein junges Pärchen gehabt, und die Frau hatte mehrere Fehlgeburten erlitten, bevor der liebe Gott es gut mit ihr meinte und sie ein gesundes Mädchen zur Welt brachte. Er hatte das Pärchen seelisch unterstützt und war für sie da gewesen. *Und Paula, musste sie da allein durch? Wusste sie überhaupt, dass sie schwanger war?* »Steht in dem Bericht auch, wie weit sie war?«

Henning drehte das Ü-Ei vor sich und richtete seinen Blick auf den Bericht. »Sechste bis achte Woche. Also noch ganz am Anfang.«

Die Kommissarin öffnete die oberste Schublade und holte eine von den Frischhalteboxen hervor. Sie legte die zwei Brötchenhälften hinein – ihr war der Appetit nach dieser traurigen Nachricht vergangen. Sie nippte am heißen Tee. »Und wird sonst noch was erwähnt?«

»Ihr wurden einige Haare herausgerissen ... die Todesursache sind die schweren Kopfverletzungen. Bei dem abgebrochenen Fingernagel gibt es noch keine Ergebnisse.«

»Haare herausgerissen? Nagel abgebrochen? Das hört sich ja eher an, als hätte sie mit einer Frau gekämpft«, meinte Fenna, worauf Henning sie fragte:

»Wie kommst du darauf?«

Sie umklammerte die Teetasse und musste an eine Situation denken, die sie zu ihrer Modelzeit erlebt hatte. Eine Durchgeknallte hatte Fenna hinter der Bühne einer Modenschau angegriffen. Nachdem die Faust des Mädels in ihrem Gesicht gelandet war, hatte Fenna an deren langen Haaren gerissen und hatte plötzlich eine dicke Strähne in der Hand. Sie verscheuchte die unschöne Erinnerung und antwor-

89

tete: »Na, weil Frauen doch ganz fiese Zicken sind. Wenn die sich streiten, wird gebissen, gekratzt und Haare herausgerissen.«

»Sprichst du da etwa aus Erfahrung?«, fragte er mit gespieltem Erstaunen.

Bevor sie darauf reagieren konnte, erschien Theo Wiemer, blieb bei ihnen stehen und ersparte ihr somit die Antwort. »Und? Kommt ihr voran? Der Bürgermeister kaut mir seit gestern ein Ohr ab – er will natürlich, so schnell es geht, dass die unschöne Sache geklärt wird. Immerhin geht bald die Hauptsaison los.«

Henning brachte den Hauptkommissar auf den neuesten Stand, der genauso geschockt war, als er das von der Schwangerschaft erfuhr. »Ich hoffe, dass wir den Täter oder die Täterin, so schnell es geht, zu fassen bekommen. Haltet mich auf dem Laufenden.«

Der Kommissar stand auf. »Komm, oder willst du deinen Tee noch in einen Thermobecher verfrachten?«

Sie streckte ihm die Zunge heraus und brachte die inzwischen leere Tasse zurück in die Küche.

Zuerst suchten sie den Freund von Paula Friese auf, der erstaunt war, als die Beamten erneut vor seiner Tür standen. Er bat sie ins Wohnzimmer. »Und? Konnten Sie den Täter inzwischen ermitteln?«

»Wir haben heute den Obduktionsbericht erhalten«, begann Henning und nahm einen Atemzug, bevor er weitersprach. »Wussten Sie, dass Ihre Freundin schwanger war?«

»Was? Paula war schwanger?« Ihm wich augenblicklich die Farbe aus dem Gesicht und seine Hände begannen zu zittern.

»Ja. Im zweiten Monat. Ihrer Reaktion nach zu urteilen, wussten Sie es nicht, Herr Overhoff«, meinte die Kommissarin.

Kai schlug die Hände vors Gesicht, und als er sie wieder sinken ließ, hatte er Tränen in den Augen. »Nein … nein. Sie hat es mir nicht gesagt.«

»Das tut uns sehr leid, Herr Overhoff, aber ich muss Ihnen die Frage stellen: Sind Sie der Vater gewesen?«, führte ihr Kollege das Gespräch weiter.

Kai schluckte und wischte sich flink über die Augen. Er blickte den Polizisten unsicher an. »Ehrlich? Keine Ahnung. – Was sagten Sie, in welchem Monat war sie?«

»Noch ganz am Anfang, laut Bericht ist Paula vor sechs bis acht Wochen schwanger geworden«, gab Fenna die Antwort.

90

Kai schniefte und überlegte, dann weiteten sich seine Augen. »Da war ich in Polen – ich … ich kann nicht der Vater gewesen sein … oh Scheiße … ich … wer ist der Vater?«

Die Beamten warfen sich überraschte Blicke zu und Fenna fragte weiter: »Wann genau waren Sie in Polen und wie lange?«

»Ich war für drei Monate in Polen, wir hatten dort von der Firma aus einen Großauftrag und ich bin erst seit zwei Wochen wieder in Deutschland.« Er schaute die Beamten unglücklich an. »Ich hatte gleich das Gefühl, dass etwas mit Paula nicht stimmte. Sie war, seitdem ich zurück war, so abweisend zu mir – ging mir aus dem Weg. Als ich sie darauf ansprach, schob sie alles auf die dämliche Misswahl. Wir haben uns nur noch gestritten und dann kam Lena mit dem Gerücht um die Ecke, dass Paula mit diesem Koopmann geschlafen hat. Ist er der Vater?«

Fenna schüttelte den Kopf. »Nein, das glaube ich nicht. Es würde ja auch zeitlich nicht passen und ich gehe nicht davon aus, dass Paula und Herr Koopmann sich bereits vor zwei Monaten kennengelernt haben.«

»Haben Sie eine Ahnung, wer noch infrage kommen könnte? Hatte Paula irgendwelche Verehrer?«, hakte der Beamte nach.

»Nein, nicht, dass ich wüsste – aber ich habe keine Ahnung, was sie in den drei Monaten getrieben hat, in denen ich weg war. Vielleicht hatte sie einen One-Night-Stand? Verdammt!« Kai ballte seine Hände zu Fäusten und neue Tränen bildeten sich in seinen Augen.

»Okay, Herr Overhoff, sollte Ihnen doch noch jemand einfallen, melden Sie sich bitte bei uns.« Henning erhob sich und seine Kollegin folgte ihm. »Wir finden allein heraus.«

Als die Polizisten bei Frau Friese klingelten, war niemand zu Hause. Somit fuhren sie umgehend zum Hotel *Gezeiten*. An der Rezeption erfuhren sie, dass sich Frau Schräder und Herr Koopmann auf ihren Zimmern befanden, und Herr Lögering war in einem Meeting.

Als Erstes klopften sie bei Herrn Koopmann an. »Haben Sie Neuigkeiten?«, fragte er gleich und trat einen Schritt zur Seite, damit die Beamten hereinkommen konnten.

»In gewisser Weise schon«, begann Henning und redete nicht weiter um den heißen Brei, sondern sagte frei heraus: »Paula war schwanger. Wussten Sie davon?«

Oliver Koopmann ließ sich rücklings auf das Bett sinken und starrte die Polizisten entsetzt an. »Was? Oh mein Gott, das ist ja schrecklich! – Nein, ich wusste nicht davon.«

»Paula hat mit Ihnen nur über die Sache wegen der Inselzugehörigkeit gesprochen?«, fragte Fenna.

Er nickte und starrte geschockt auf seine Hände.

Die Kommissarin fragte weiter: »Haben Sie vielleicht gesehen, dass Paula sich mit einem Mann unterhalten hat?«

Diesmal schüttelte er den Kopf. »Nein.«

Henning öffnete die Zimmertür. »Danke, Herr Koopmann.« Die Beamten verabschiedeten sich und suchten Frau Schräder auf, die auf diese Nachricht ebenfalls mit Entsetzen reagierte. Sie konnte ihnen in keiner Weise weiterhelfen, doch als die Beamten gerade das Zimmer verlassen wollten, fiel ihr noch was ein. »Ich weiß nicht, ob es Ihnen weiterhelfen kann, aber während des Fotoshootings ist mir eine Frau aufgefallen, die das Geschehen die ganze Zeit über beobachtet hat und danach zu Paula gegangen ist.«

»Würden Sie die Frau wiedererkennen?«, wollte die Kommissarin wissen.

»Ich denke schon. Fragen Sie doch mal bei dem Fotografen nach. Soweit ich weiß, hat er Bilder von der Umgebung gemacht, um die Lichtverhältnisse zu testen. Sein Name ist Fynn und ihm gehört das Studio *Meerbild*«, gab Frau Schräder ihnen den Tipp.

Der Kommissar nickte. »Eine gute Idee, vielleicht können wir etwas auf den Fotos erkennen. Danke, Frau Schräder.«

Tatsächlich wirkte die eiskalte Geschäftslady nach dieser Nachricht geschockt und schaffte es sogar, den Beamten zum Abschied ein zaghaftes Lächeln zu schenken.

»Dann werden wir jetzt mit Herrn Lögering sprechen und danach gleich zum Fotostudio fahren. Such schon mal die Adresse heraus«, ordnete Henning an.

Das Meeting war in der Zwischenzeit beendet und die Polizisten konnten mit Herrn Lögering sprechen. Natürlich war auch er über diese Neuigkeit mehr als geschockt, konnte aber keine weiteren Informationen dazu beitragen.

13. Kapitel

Das Fotostudio *Meerbilder* lag im Herrenpfad und hatte laut Aushang noch zehn Minuten geöffnet. Als die beiden das Ladenlokal betraten, kündigte ein Glöckchen ihren Besuch an. Hinter dem Verkaufstresen stand ein junger Mann, der eine knallrote große Brille trug, und seine schwarzen etwas längeren Haare standen stachelig nach oben. Der Typ sah aus, als wäre er aus einem Comicheft entsprungen. Fenna schmunzelte über ihre Gedanken.

»Moin! Sie sind bestimmt nicht hier, um Passbilder zu machen!«, scherzte der Kerl.

»Das haben Sie gut erkannt, junger Mann – wir möchten mit Fynn sprechen«, sagte Henning.

»Das bin ich. Um was geht es denn?« Er sah die Beamten neugierig durch seine rote Brille an.

Ihr Kollege klärte den Herrn auf, während Fenna durch den Verkaufsraum schlenderte und interessiert die Fotografien betrachtete, die an den Wänden präsentiert wurden. Es waren unterschiedliche Motive. Mal zeigten sie Menschen, die am Strand standen, mit dem berühmten Sonnuntergang im Hintergrund, am Leuchtturm, auf den Kaimauern oder in Räumlichkeiten. Fenna mochte auf Anhieb die Fotos, die nur die Insel zeigten. Vom Strand, dem Hafen, der Dünenlandschaft, bis hin zu Müll, der angespült worden war. Fynn hatte einen Blick für das Außergewöhnliche und spielte mit der Perspektive und den Lichtverhältnissen. Und dann entdeckte sie ein Gruppenbild von den sechs Kandidatinnen der Misswahl. Sie standen nebeneinander in ihren Märchenkostümen und strahlten in die Kamera. Wenn Paula geahnt hätte, dass sie wenige Stunden später nicht mehr leben würde. Die Kommissarin spürte eine Traurigkeit in sich aufsteigen und schlenderte wieder zu ihrem Kollegen zurück. Persönliche Gefühle waren in ihrem Beruf fehl am Platz.

»Ja, ich kann Ihnen gerne alle Bilder auf einen Stick ziehen und Ihnen morgen vorbeibringen, ist das in Ordnung?«, kam Fynn ihnen entgegen. »Oder brauchen Sie die Fotos noch heute?«

»Nein, es reicht, wenn Sie uns den Stick gleich morgen früh geben, wir sind ab neun Uhr da«, sagte Henning. »Vielen Dank, und einen schönen Feierabend.«

»Dito!«

»Versprichst du dir was von den Fotos?«, fragte Fenna ihren Kollegen, als sie zurück zur Polizeistation fuhren.

Henning gab einen Seufzer von sich und antwortete nicht sofort. »Keine Ahnung, aber wir müssen jedem Hinweis nachgehen, und wenn er noch so unbedeutend erscheint. Oft sind es die kleinen Dinge, die einen Täter überführen.«

Sie stimmte seinen Worten durch ein Nicken zu. »In dem Fotostudio hing ein Gruppenbild der Teilnehmerinnen. Es ist echt schrecklich, nur wenige Stunden später wurde Paula umgebracht«, endete sie mit belegter Stimme.

»Wirst du etwa melancholisch? Fang bloß nicht an zu weinen, ich habe keine Taschentücher bei mir«, witzelte er trocken und schaute sie pikiert an.

Fenna verpasste ihm einen Hieb gegen die Schulter. »Blödmann! Die hätte ich dir von Rossmann mitbringen können.«

Sie erreichten die Polizeistation, parkten den Wagen und gingen hinein. Die Nachtschicht löste Fenna und Henning ab und somit stand ihrem Feierabend nichts mehr im Weg. Die beiden wünschten sich einen schönen Abend und verließen die Station in unterschiedlichen Richtungen.

Als Fenna die Kreuzung erreichte, bei der es zum Supermarkt *Kiek in* ging, hatte sie plötzlich eine Idee und nahm den kleinen Umweg in Kauf. Wenige Minuten später war sie im Geschäft und suchte eine bestimmte Verkäuferin. Sie hatte Glück und fand sie in dem Gang, in dem es Tütensuppen und Dosen gab. Die blonde Frau räumte, wie sollte es anders sein, neue Ware in die Regale, diesmal war ihre dunkelhaarige Lästerkollegin nicht anwesend. »Moin, darf ich Sie kurz stören?«

Die Verkäuferin blickte erschrocken von ihrer Arbeit auf, lächelte aber, als sie sah, dass eine Polizistin vor ihr stand. »Moin, Sie stören doch nicht. Wie kann ich Ihnen helfen?«

»Ich ermittle im Fall Paula Friese und hätte da einige Fragen an Sie.«

Sie riss die Augen auf. »An mich? Ich kann Ihnen da bestimmt nicht weiterhelfen.«

»Doch können Sie«, meinte Fenna freundlich und erzählte ihr, dass sie zufällig das Gespräch zwischen ihr und der Kollegin mitbekommen hatte. »Und da haben Sie erwähnt, dass Ihr Vater im Stadtrat

94

arbeitet und mitbekommen hat, dass Paula sich mit Lars Schnitker gestritten hat.«

»Ja, aber ich habe keine Ahnung, worum es bei dem Streit wirklich ging«, sagte sie entschuldigend.

»Und deshalb würde ich sehr gern mit Ihrem Vater sprechen. Wie heißen Sie denn?« Fenna bemerkte, dass es der Frau unangenehm war, deshalb fügte sie nett hinzu: »Keine Angst, ich möchte nur in Ruhe mit Ihrem Vater reden. Wir gehen jedem Hinweis nach.«

»Mein Name ist Manuela Haas und mein Vater heißt Stefan.« Die Angst war augenscheinlich verflogen und sie sah die Polizistin neugierig an. »Glauben Sie etwa, Lars Schnitker hat sie auf dem Gewissen?«

»Wie gesagt, wir ermitteln in alle Richtungen und gehen jedem Hinweis nach. Vielen Dank, Frau Haas, und einen schönen Abend!«, verabschiedete Fenna sich schnell, damit die Verkäuferin ihr nicht noch mehr Fragen stellen konnte, die sie eh nicht beantworten durfte.

Zu Hause angekommen, zog Fenna die Uniform aus, nahm eine ausgiebige Dusche und schlenderte in die Küche. Als sie den Kühlschrank öffnete, fiel ihr siedend heiß ein, dass sie das Brötchen in der neuen Frischhaltebox in ihrer Schublade vergessen hatte. Verdammt! Aber nur, um ein inzwischen sicherlich aufgeweichtes Brötchen zu retten, würde sie nicht zur Polizeistation zurückgehen. Und darauf hatte sie auch keinen Appetit, aber sie hatte Hunger. Deshalb machte die Kommissarin sich zurecht und ging zur *Milchbar*. Dort gab es leckeres Essen und sie hatte keine Lust, den Abend allein in ihrer Wohnung zu verbringen.

Die *Milchbar* war wie immer sehr gut besucht – doch sie hatte Glück und konnte einen Platz ergattern, der einen direkten Blick auf das Meer bot. Sie hatte gerade ihre Bestellung aufgegeben, als eine bekannte männliche Stimme sie ansprach. »Guten Abend, Frau Kommissarin!«

»Doktor! Was machen Sie denn hier?« Sie hatte die Frage gerade ausgesprochen, als sie bemerkte, wie doof sie war und dass ihr Herz bei seinem Anblick schneller schlug.

Sven Perick trug eine verwaschene Jeans, weiße Sneaker und ein dunkelblaues T-Shirt – er sah in diesen legeren Klamotten ganz anders aus. Sie kannte ihn bisher nur in seiner weißen Arztkluft. »Sorry, blöde Frage. Möchten Sie sich zu mir setzen?«

95

»Sehr gern, das heißt, wenn ich dich nicht störe.«

»Nein, nein … überhaupt nicht.« Sie strich ihr langes Haar hinters Ohr und deutete auf den freien Stuhl.

Sven nahm Platz. »Wir waren übrigens beim Du.« Er zwinkerte ihr zu und nahm sich die Speisekarte.

Warum zwinkert er mich immer so süß an? Hat das was zu bedeuten?, schoss es Fenna durch den Kopf. »Ja, klar … stimmt. Sven, nicht wahr?«

Seine warmen braunen Augen lugten über der Speisekarte hervor. »Genau. – Und? Was nimmst du?«

»Ich habe mir die Fischstäbchen bestellt und einen Aperol Spritz.«

»Oh, Fischstäbchen – Mann, wie lange habe ich die schon nicht mehr gegessen. Gute Idee.« Er legte die Karte beiseite und stützte sich lässig auf dem kleinen Tisch ab. »Was macht die Schnittwunde?«

»Der geht es gut, kein Wunder bei so einem fähigen Arzt!« Hatte sie das wirklich zu ihm gesagt? Flirtete sie mit ihm? Sie brauchte dringend den Aperol Spritz, der tatsächlich in der nächsten Sekunde von der Kellnerin serviert wurde. »Danke!«

»Und was möchten Sie bestellen?«, erkundigte sich die junge Dame bei Sven.

»Ich nehme einen trockenen Rotwein und auch die Fischstäbchen mit Knoblauch-Sauce.«

»Geht klar!« Die Bedienung lächelte Sven feurig an und verschwand hinter dem Tresen.

»Ich habe übrigens die Ergebnisse der Pillenuntersuchung«, sagte er zu ihr.

»So schnell?« Fenna war sichtlich überrascht.

Sven beugte sich ihr entgegen, damit er nicht so laut sprechen musste und keiner der Gäste etwas aufschnappen konnte. »Ihr hattet recht mit der Vermutung, dass die Pillen nicht gesund sind. Es sind mehrere gefährliche Inhaltsstoffe enthalten, die ich gar nicht alle aufzählen kann.«

»Und ich hatte recht mit meiner Vermutung, dass Heike Bunger die Tabletten einnimmt. Dann ist sie auch die Person, die Paula dabei erwischt hat«, entgegnete sie.

»Wie bist du auf sie gekommen?«, fragte er.

96

Fenna drehte das Glas zwischen ihren Fingern. »Als wir mit Heike gesprochen haben, hatte sie wahnsinnigen Durst, sie schwitzte stark und wirkte nervös. Typische Anzeichen für diese Pillen.«

Sven sah sie beeindruckt an. »Und das weißt du woher?«

Sie zuckte mit den Schultern. »Polizeischule.« Das war allerdings etwas gelogen, denn Fenna hatte es bereits im Vorfeld gewusst, weil einige Mädchen aus der Modelagentur diese Pillen geschluckt und dieselben Anzeichen gehabt hatten. Ihre Eltern hatten sie vor Drogen jeglicher Art stets gewarnt, und außer Alkohol und Süßkram nahm Fenna nichts an Drogen zu sich. Sie hatte auch nie Probleme mit ihrem Gewicht – sie hatte das große Glück, dass sie alles in sich hineinstopfen konnte, ohne dass die Waage ihr den Mittelfinger zeigte.

Er gab sich mit der Antwort zufrieden und sein Wein wurde serviert. Sven hob das Glas. »Herzlich willkommen auf Norderney!« Sie prosteten sich zu und tranken.

Während des Essens unterhielten sie sich über die Insel und warum es ihn ausgerechnet nach Norderney verschlagen hatte. Sven Perick kam gebürtig aus Plau am See, Mecklenburg-Vorpommern. Er hatte in Berlin studiert und war seit zwei Jahren geschieden. Kinder waren nicht vorhanden und er hatte die Großstadt satt. Als er vor einigen Monaten von der freien Arztpraxis im Krankenhaus auf Norderney erfahren hatte, überlegte er nicht lang und übernahm die Praxis.

»Und was hat dich auf die Insel gelockt?«

»Henning.«

Sven sah sie überrascht an. »Seid ihr ein Paar?«

Sie wehrte seine Äußerung mit einer schnellen Handbewegung ab und lachte. »Oh nein! Nein! Aber Henning war mein erster Partner im Streifendienst, nachdem ich die Prüfung geschafft hatte. Wir haben einige Monate in Emden zusammengearbeitet, dann hat Henning das Angebot erhalten, hier auf die Polizeistation zu wechseln, und er holte mich einige Zeit später nach. Ich bin erst seit einer Woche hier.«

»Aua, und dann gleich einem kriminellen Typen ins Messer gelaufen«, neckte er sie.

Fenna zog eine Grimasse. »Echt peinlich … das hätte mir nicht passieren dürfen.«

»Dann wären wir uns nicht begegnet.« Sven leerte sein Glas. »Oder hast du deswegen Ärger bekommen?«

97

»Nein, mein Chef ist zum Glück ein ganz umgänglicher Mensch.«
Der Doc warf einen Blick auf seine sportliche Armbanduhr und
seufzte. »Ich muss leider los, habe morgen Frühdienst.«

»Ja, ich höre auch schon mein Bett rufen.« Fenna stand auf und
holte ihr Portemonnaie aus der Tasche hervor, worauf Sven sagte:
»Ich lade dich ein – ist sozusagen mein Willkommensgeschenk.«

»Vielen Dank – und gute Nacht. Wir sehen uns!« Die beiden verabschiedeten sich und Sven rief die Kellnerin zu sich.

Auf dem Weg zu ihrer Wohnung ließ sie den Abend noch einmal
Revue passieren. Sven war ein echt hübsches Kerlchen und sie
mochte ihn auf Anhieb, aber sie wollte sich auf gar keinen Fall
verlieben und eine feste Beziehung eingehen! An erster Stelle
standen ihr Job und ihr erster Mordfall. Sie wollte gleich morgen früh
zum Rathaus gehen, um mit Herrn Haas zu sprechen.

14. Kapitel

Das Rathaus hatte ab neun Uhr geöffnet und Fenna war auf die Minute genau vor Ort. Auf der Infotafel war der Name Stefan Haas nicht zu finden, deshalb fragte sie am Schalter nach. Die Frau gab ihr die gewünschte Auskunft. Stefan Haas war in einem Gemeinschaftsbüro zu finden, und zwar auf demselben Gang, in dem Herr Schnitker sein Zimmer 213 hatte.

Vor Nummer 211 blieb sie stehen. Auf dem Schild darunter wurde eine politische Partei erwähnt und drei Namen aufgeführt, einer davon war Stefan Haas. Fenna klopfte an und trat ein. »Moin!«, rief sie freundlich in den Raum. Es waren drei Schreibtische zu sehen, hinter denen gähnende Leere herrschte. »Hallo? Niemand hier?«

In der nächsten Sekunde öffnete sich eine Seitentür und zwei Herren in schicken Anzügen betraten das Zimmer. Sie hielten mitten im Gespräch an, als sie die Beamtin sahen. Einer von den Männern starrte Fenna überrascht an. Der andere Herr hingegen wirkte entspannt und war sicherlich Herr Haas, was er im nächsten Moment durch seine Worte bestätigte. »Ah, guten Morgen! Sie möchten sicherlich zu mir, meine Tochter hat mich gestern angerufen und mir mitgeteilt, dass Sie mit mir sprechen möchten.«

Die Kommissarin trat den beiden Herren entgegen und reichte Herrn Haas die Hand. »Moin, genau. Mein Name ist Fenna Hansen, Inselpolizei.«

Herr Haas erwiderte den Handschlag und stellte seinen Kollegen vor. »Das ist Rainer Feldker – Bitte, nehmen Sie doch Platz. Möchten Sie einen Kaffee oder Tee?«

Bevor Fenna sich setzte, gab sie Herrn Feldker ebenfalls die Hand. »Moin, Herr Feldker – und danke, ich möchte im Moment nichts.«

Nachdem die beiden Herren hinter ihren Tischen Platz genommen hatten, begann Fenna mit der Fragestunde. »Wir ermitteln im Fall Paula Friese und Ihre Tochter sagte mir, dass Sie einen Streit zwischen Herrn Schnitker und Paula Friese mitbekommen haben. Worum ging es bei dem Streit?«

Stefan Haas saß aufrecht und hatte seine Hände auf dem Tisch abgelegt. »Ich habe nur einige Wortfetzen aufgeschnappt.«

Die Kommissarin blickte ihn neugierig an. »Die da wären?« Aus dem Augenwinkel heraus konnte sie erkennen, dass Herr Feldker etwas nervös und unsicher dreinblickte.

»Ich mache Schluss, und was soll das Ganze«, sagte Haas.

»Mehr haben Sie nicht gehört?«, hakte Fenna nach. Das war nicht viel und schon gar nicht aussagekräftig.

Ihr Gegenüber zuckte mit den Schultern. »Nein, tut mir leid.«

»Laut Ihrer Tochter sollen die beiden sich ordentlich gezofft haben und Herr Schnitker hat Paula daraufhin achtkantig aus seinem Büro geschmissen.« Die Kommissarin fixierte ihn mit einem festen Blick.

»Tut mir leid, ich habe keine Ahnung, warum meine Tochter das zu Ihnen gesagt hat. Wie sind Sie eigentlich auf Manuela gekommen? Sie hat doch rein gar nichts mit dem Mord an Paula Friese zu tun.« Seine Worte klangen normal, doch ihr entging der beiläufige scharfe Unterton nicht. So, als wüsste er mehr und wollte es ihr nicht sagen.

Fenna ließ sich nicht aus der Ruhe bringen und antwortete: »Das kommt davon, wenn Ihre Tochter sich zu laut mit einer Kollegin im Supermarkt über so etwas unterhält. Da gibt es viele spitze Ohren, Herr Haas. Oder wollen Sie Herrn Schnitker aus welchen Gründen auch immer aus der Schusslinie holen?«

»Warum sollte ich Herrn Schnitker aus der Schusslinie holen?« Er war sichtlich pikiert. »Sie glauben doch wohl nicht, dass er Paula Friese getötet hat? Wie kommen Sie auf so einen Unsinn?«

»Ich glaube erstmal an gar nichts, Herr Haas, und ich habe Sie lediglich gefragt, was Sie bei dem Streit, den die beiden hatten, gehört haben. Wir gehen jedem Hinweis nach, um den Mörder von Paula zu finden«, machte sie ihren Standpunkt deutlich klar und sprach weiter: »Ist Ihnen sonst irgendetwas aufgefallen?«

Herr Haas schien etwas beleidigt zu sein, denn seine Stimme klang so, als er Folgendes zur Kommissarin sagte: »Nein. – Ich stehe doch nicht den ganzen Tag vor der Tür eines Kollegen und lausche die ganze Zeit über.«

Die Polizistin erhob sich und ging auf sein Motzen nicht näher ein. »Trotzdem vielen Dank, Herr Haas – Herr Feldker, schönen Tag noch!« Mit diesen Worten verließ sie das Zimmer und tat genau das, was Herr Haas angeblich nie machen würde. Sie lauschte.

»Wieso hast du ihr nicht die Wahrheit gesagt?«, hörte sie die dumpf klingende Stimme von Herrn Feldker durch die Tür.

Herr Haas hingegen war deutlich zu hören, da er sich aufregte. »Die Wahrheit? Bist du bescheuert? Ich haue doch Lars nicht in die Pfanne – er hat genug Kummer wegen der Fehlgeburt seiner Frau, da muss ich ihm nicht noch die Polizei auf die Fersen hetzen!«

100

Oha! Jetzt erklärte sich auch die Situation im Krankenhaus, als Fenna die beiden vom Frauenarzt hatte kommen sehen. Seine Frau hatte geweint, weil sie eine Fehlgeburt gehabt hatte – das war schrecklich! Aber was hatte das alles mit Paula Friese zu tun? Sie war angeblich nur wegen der Misswahl bei Schnitker gewesen, oder etwa nicht?

Ein Blick zur Uhr verriet ihr, dass sie mindestens fünf Minuten zu spät zum Dienst kommen würde. Verdammt! Sie eilte durch die Straßen, die zu ihrer Verwunderung zu dieser Uhrzeit schon gut besucht waren. Viele Inselgäste nutzten die frühen Morgenstunden, um mit ihren mitgebrachten Vierbeinern eine Gassirunde zu drehen oder frische Brötchen zu holen, andere starteten mit geliehenen Rädern eine Inseltour, und manche Passanten schleiften ihren Koffer hinter sich her, weil sie die erste Fähre zum Festland nehmen mussten.

Fenna hatte Glück, denn als sie die Polizeistation mit exakt sieben Minuten Verspätung erreichte, befand sich ihr Kollege im Gespräch mit Fynn Borzek, dem Fotografen. Bei seinem witzigen Anblick musste sie schmunzeln. »Moin!«, rief sie für alle Kollegen hörbar, und ein »Moin!«, schallte zu ihr zurück.

Sie setzte sich und schaute Henning neugierig an: »Und? Schon was entdecken können?«, fragte sie.

»Du bist sieben Minuten zu spät!«, warf ihr Henning tonlos vor und mied es, sie dabei anzusehen. Dafür grinste Fynn sie amüsiert an.

Fenna hob den rechten Zeigefinger. »Dafür habe ich gute Neuigkeiten – na ja – oder auch schlechte, je nachdem für wen.«

»Komm lieber zu mir rüber, dann schauen wir uns gemeinsam die Fotos an.«

»Sir, jawohl, Sir!« Fenna trat um den Tisch herum und stellte sich rechts neben ihren Kollegen. Fynn saß auf einem Besucherstuhl und dokumentierte die Bilder. Auf den ersten fünf war nichts Außergewöhnliches zu sehen. Der Fotograf hatte die Umgebung aufgenommen, um die Lichtverhältnisse zu vergleichen. Danach folgte ein Foto, auf dem Fenna sofort eine Frau erkannte, die aus der Zuschauermenge hervorstach. »Da! Das muss die Frau von Lars Schnitker sein.« Sie zeigte auf den Bildschirm. »Ich habe die beiden zusammen im Krankenhaus gesehen.«

»Gut, dann vergrößere ich das Bild.« Henning ließ seine Finger flink über die Tastatur gleiten und erledigte den Rest per Maustaste.

101

»Dann brauchen Sie meine Hilfe nicht mehr, oder?«, fragte Fynn, als Henning den Ausdruck in der Hand hielt. »Die restlichen Bilder können Sie auch ohne mich anschauen. Den Stick lasse ich Ihnen hier.«

»Danke für Ihre schnelle Hilfe, Herr Borzek. Den Stick geben wir Ihnen die Tage zurück«, sagte Fenna und begleitete den jungen Mann zum Ausgang.

Er winkte ihre Worte mit einer laschen Handbewegung fort. »Ach was, den schenke ich Ihnen! Schönen Tag noch!«

Die Kommissarin eilte zu ihrem Schreibtisch zurück. »Du glaubst nicht, was ich heute Morgen erfahren habe!«

»Ich bin ganz Ohr!«

Fenna berichtete von dem Besuch bei Herrn Haas und was sie für Neuigkeiten hatte. »Ich finde, das hört sich echt verdächtig an.«

Henning stutzte und fragte sie: »Wie bist du denn auf den Typen im Rathaus gekommen?«

»Na, ich habe doch die zwei Verkäuferinnen im Supermarkt über Heike Bunger und den Mordfall tratschen gehört, und da hat Manuela Haas erzählt, dass ihr Vater im Stadtrat arbeitet und den Streit zwischen Schnitker und unserem Opfer mitbekommen hat«, klärte sie ihn auf.

»Und dann bist du heute Morgen einfach ohne mich zu Herrn Haas gegangen und hast mit ihm gesprochen?« Er musterte sie eindringlich und Fenna hatte den Verdacht, dass er ihren Alleingang nicht unbedingt guthieß. Sie sprach ihn direkt darauf an: »Bist du beleidigt?«

Henning schnaufte. »Nein, aber ich als dein Partner wäre gerne über deine jeweiligen Alleingänge im Vorfeld informiert worden. – Wir wissen ja, wie das enden kann, oder, Fräulein?« Sein schmaler Blick wanderte zu ihrem verletzten Bein.

Fenna verdrehte theatralisch die Augen, und dazu passend wählte sie auch ihre Worte. »Klar, Herr Haas war mit einem Sturmgewehr bewaffnet und hatte mich in seiner Gewalt. Zum Glück kam die dicke Berta mit ihrem Bauchladen und hatte nicht nur Brötchen im Angebot, sondern auch Messer. Sie hat mir den Arsch gerettet!«

»Welcher Arsch wurde gerettet?« Ein neugieriger Hoschi mit einem Käsebrötchen in der Hand blieb bei seinen Kollegen stehen.

»Ich will solche Ausdrücke hier nicht hören, habt ihr mich verstanden!«, schallte es von der Eingangstür zu der kleinen Gruppe

102

herüber. Bruni erschien mit ihrem großen Weidekorb, das hieß immer: Es gab wieder was Leckeres zu essen.

»Moin Bruni – Entschuldigung!«, rief Fenna ihr zu.

»Ach, Schätzchen, du warst nicht gemeint! Hoschi soll sich mal bremsen!«, antwortete sie und schenkte der Kommissarin ein Lächeln. »Ich habe euch ein leckeres Brot gebacken und Quark als Nachtisch, mit frischen Erdbeeren!«

Ehe jemand etwas erwidern konnte, war Bruni in der Küche verschwunden.

Fenna lachte, als sie die fassungslosen Blicke ihrer männlichen Kollegen sah.

Hoschi biss in das Käsebrötchen und klopfte Henning auf die Schulter. »Dah hascht duhs uns wasch in Hausch geholt«, nuschelte er mit vollem Mund und eilte in die Küche – sicherlich mit einer Tupperdose, um sich Quark zu bunkern.

Von ihrem Kollegen vernahm sie nur einen verzweifelten Seufzer und er sagte leise: »Womit habe ich das nur verdient?«

»Komm, wir gehen zu Frau Schräder und fragen nach, ob sie diese Frau meint, und dann besuchen wir Lars Schnitker – irgendetwas stimmt da nicht.« Sie wollte gerade aufstehen, als Tobias, der jetzige Praktikant, ihren Namen rief:

»Fenna! Da möchte dich ein Herr Feldker sprechen. Ich stelle durch.«

»Danke!« Die Kommissarin nahm den Hörer ab und meldete sich. »Moin, Herr Feldker, was kann ich für Sie tun?«

Es herrschte kurze Stille am anderen Ende und Fenna konnte seinen schweren Atem hören. »Herr Feldker, ist alles in Ordnung bei Ihnen?«

Ein Räuspern folgte und dann sprach er: »Ja, danke, alles in Ordnung. Ich wollte Ihnen nur sagen, dass Herr Haas Sie heute Morgen angelogen hat.«

»Inwiefern angelogen?«

Als Henning die Worte seiner Kollegin hörte, warf er ihr einen interessierten Blick zu.

»Er hat den Streit genau mitbekommen, da er zufällig an dem Büro von Lars vorbeigekommen ist, und da es sehr laut war, wollte er eigentlich nachschauen, doch dann ...« Herr Feldker verstummte für einen kurzen Moment. »Dann hat er gehört, dass Lars ein Verhältnis mit Paula hatte und er nichts mit der Sache zu tun haben möchte.

Seine Frau sei schwanger, da … also … könnte er keinen Bastard gebrauchen.«

»Und Herr Haas hat Ihnen das alles erzählt?«, fragte die Kommissarin skeptisch.

»Ja, er war entsetzt, dass Lars etwas mit einer Kandidatin zur Miss Norderney hatte, und so wie ich die Worte verstehe, war Paula von Lars schwanger, oder wie sehen Sie das, Frau Hansen?«

»Dazu kann ich mich jetzt nicht äußern, dafür benötige ich mehr Hintergrundinformationen. – Wieso erzählen Sie mir das?« Sie war auf seine Antwort gespannt.

»Bei Mord hört meine Sympathie auf – sollte Lars wirklich der Täter sein, muss er bestraft werden«, sagte er entschlossen. »Deshalb rufe ich Sie an – ich heiße es nicht gut, dass Herr Haas Sie in dieser wichtigen Situation angelogen hat.«

»Das freut mich zu hören, Herr Feldker, und ich halte Sie aus der Sache heraus, nicht, dass Sie noch Ärger mit Herrn Haas bekommen«, versprach die Kommissarin ihm.

»Gut. Dann wünsche ich Ihnen noch einen schönen Tag, und auf dass Sie den Mörder finden werden, Frau Hansen.«

Fenna legte den Hörer zurück und schaute ihren Kollegen entgeistert an. »Du ahnst nicht, was mir Herr Feldker mitgeteilt hat.«

»Du wirst es mir jetzt sicherlich berichten. Aber …!« Er hob den rechten Zeigefinger. »Bitte keine Kraftausdrücke mehr, für die andere den Kopf hinhalten müssen.«

Fenna straffte ihre Haltung, räusperte sich und sprach mit freundlicher und sachlicher Stimme: »Herr Kommissar Petersen, wie ich gerade von Herrn Feldker erfahren habe, hatte Lars ein Verhältnis mit Paula Friese und er vermutet, dass Lars der Erzeuger des Babys war.«

Henning blies die Backen auf und ließ die Luft laut entweichen, dann stand er auf und schnappte sich den Ausdruck des Fotos. »Hoschi hat recht: Wie konnte ich nur so ein verrücktes Huhn hierherholen.«

Fenna folgte ihm. »Ach, komm schon – sei ehrlich, du hast mich die ganze Zeit vermisst! Und du konntest es nicht erwarten, dass ich wieder in deiner Nähe bin!« Sie grinste ihn breit an.

»Wenn du dich nicht benimmst, klaue ich dir deine Magneten!«, drohte er in einem ernsten Ton und lief weiter zum Wagen. »Ich weiß ja, wo sie hängen!«

104

»Mimimimimimi …« Fenna folgte ihm lachend.

Als sie das Hotel *Gezeiten* erreichten, standen circa zehn junge Frauen neben dem Eingangsbereich. Manche von ihnen hielten selbstgemalte Plakate in der Hand, auf denen Parolen standen wie: *Zu jung, für die Schönheit gestorben. Misswahlen bedeuten Krieg für Frauen! Findet den Mörder!*
Es waren viele Kerzen aufgestellt und Blumen am Rand eines kleinen Beetes niedergelegt worden.

»Haben Sie endlich den Mörder?«, rief ihnen eine der Frauen zu.

»Zu laufenden Ermittlungen dürfen wir uns nicht äußern«, entgegnete Fenna und lächelte durch die Runde.

Die Anwesenden redeten wild durcheinander, und teilweise beschimpften sie die Polizisten, da sie noch immer keinen Verdächtigen hatten und warum das alles so lange dauerte.

Das Gemecker traf bei den Kommissaren auf taube Ohren und sie betraten die Lobby des Hotels. Die Dame an der Rezeption teilte ihnen mit, dass sich Frau Schräder und Herr Koopmann noch im Frühstücksraum befanden. Die beiden saßen an einem kleinen Tisch mit direktem Blick auf das Meer. Sofort galt die Aufmerksamkeit der anderen Gäste den Polizisten und Fenna vernahm leises Getuschel. Inzwischen hatte es sich selbstverständlich auf der Insel herumgesprochen, dass eine Kandidatin umgebracht und die Wahl abgesagt worden war.

»Moin zusammen!«, begrüßte Henning die beiden.

»Moin!«, kam es gleichzeitig zurück.

Henning hatte den Fotoausdruck bereits in der Hand. »Wir möchten Sie gar nicht lange beim Frühstück stören, sondern nur fragen, ob Sie diese Dame meinten, Frau Schräder.« Er legte ihr den Zettel vor.

Frau Schräder betrachtete das Foto nicht mal eine Sekunde, da bestätigte sie seine Frage mit eifrigem Nicken. »Ja, ja, genau die Frau meinte ich. – Hier, Oliver, dir ist sie doch auch aufgefallen, als wir das Fotoshooting auf der Bürgermeisterwiese hatten, oder?« Sie schob ihm den Ausdruck zu.

»Ja, die ist mir auch aufgefallen, da sie die ganze Zeit über so böse zu uns allen herübergeschaut hat, und nach den Aufnahmen hat sie Paula Friese abgefangen. Aber was die beiden miteinander zu tun hatten, kann ich Ihnen nicht sagen, da war ich schon weg.«

105

»Gut, das war's auch schon – vielen Dank und einen schönen Tag noch«, wünschte die Beamtin beiden.

»Sind Sie denn schon weiter bei Ihren Ermittlungen?«, wollte Frau Schräder noch erfahren.

»Die Ermittlungen laufen auf Hochtouren! Sobald wir konkrete Hinweise haben, melden wir uns bei Ihnen«, beruhigte Henning die Herrschaften.

»Ich frage nur deshalb, weil dringende Geschäfte in Hamburg auf mich warten und ich nicht mehr so lange auf der Insel bleiben möchte«, fügte Frau Schräder sachlich hinzu.

»Das wissen wir, aber es geht leider nicht anders.« Der Kommissar hob die Hand und setzte sich flink in Bewegung – Fenna folgte ihm umgehend.

Draußen wurden die beiden erneut von der Frauengruppe angesprochen und verbal angegriffen. Sie stiegen in den Wagen und fuhren zum Rathaus, dort erfuhren sie, dass Lars Schnitker sich freigenommen hatte und er eine Wohnung in der Bogenstraße hatte.

In wenigen Minuten erreichten sie die Adresse und Fenna betätigte den Klingelknopf. Da es eine Gegensprechanlage gab, erklang die Stimme von Lars Schnitker. »Ja, bitte?«

»Hansen und Petersen, von der Inselpolizei, wir möchten mit Ihnen sprechen«, sagte Henning und sofort summte der Türöffner.

Die Wohnung befand sich im ersten Stock und Herr Schnitker stand bereits in der offenen Tür. Er sah mitgenommen aus und dunkle Ringe lagen unter seinen Augen. »Bitte, kommen Sie herein.«

Die Kommissare folgten ihm in die Wohnung und blieben im Wohnzimmer stehen. Auf dem beigefarbenen Sofa saß seine Frau – sie sah noch schlechter aus als ihr Mann. Ein zaghaftes Lächeln huschte um ihre Mundwinkel. »Guten Tag, entschuldigen Sie bitte, wenn ich nicht aufstehe, aber ich bin krank.«

»Das ist meine Frau Amelie – Amelie, das sind Frau Hansen und Herr Petersen von der Inselpolizei. Bitte, nehmen Sie doch Platz. Darf ich Ihnen was zu trinken anbieten?« Herr Schnitker war sehr zuvorkommend, was er beim ersten Treffen im Rathaus den Beamten nicht so gezeigt hatte.

Die beiden nahmen auf einem kleinen Sofa Platz und lehnten das Angebot für ein Getränk dankend ab.

Amelie griff nach ihrem Glas Wasser, und da fiel es Fenna sofort auf. Frau Schnitker hatte einen großen Kratzer auf dem rechten Arm

– hatte Paula sie etwa im Gefecht verletzt und dabei den Nagel verloren? War Amelie die Mörderin? »Sie sind verletzt.«

»Ja, ich habe mich im Garten bei meinen Eltern verletzt. Sieht schlimmer aus, als es ist.« Sie legte ihre linke Hand über die Wunde.

Fenna wusste, dass sie gelogen hatte, denn um ihre Mundwinkel zuckte es und Amelie wirkte plötzlich nervös.

»Warum möchten Sie mit mir sprechen?« Lars setzte sich neben seine Frau.

15. Kapitel

»Nun, wir möchten eher mit Ihrer Frau reden«, widersprach Henning freundlich und holte wieder den Ausdruck hervor.

Lars und Amelie tauschten überraschte Blicke aus. »Was hat meine Frau denn mit alldem zu tun?«

»Deswegen sind wir hier, Herr Schnitker. – Wir haben von zwei Personen erfahren, dass Sie, Frau Schnitker, die ganze Zeit über bei dem Fotoshooting anwesend waren und im Anschluss mit Paula Friese gesprochen haben.« Der Kommissar schob ihr das Foto hin. »Das sind Sie doch, oder?«

Bevor Amelie sich dazu äußern konnte, ergriff ihr Mann das Wort und schnappte sich das Foto. Er betrachtete es einen Moment und ließ es dann wieder auf den Tisch sinken. »Na und? Was wollen Sie uns denn damit sagen?« Seine Worte bekamen einen unfreundlichen Unterton.

»Was wollten Sie von Paula Friese, Frau Schnitker?«, brachte Fenna sich mit ins Gespräch ein.

Amelie starrte verloren auf das Bild, auf dem sie deutlich zu erkennen war. Sie hüllte sich in Schweigen und spielte nervös mit ihren Händen.

»Frau Schnitker, kann es sein, dass Sie Paula bedroht haben?«, tastete Fenna sich näher an das heikle Thema heran. »Die Wunde an Ihrem Arm, die hat Paula Ihnen zugefügt, nicht wahr?«

Lars tobte: »Jetzt hören Sie aber auf! Warum soll meine Frau Paula Friese bedroht haben?«

Amelie schwieg noch immer und hatte den Blick stur auf das Bild gerichtet.

Die Kommissarin sprach mit sachlicher Stimme weiter: »Sie wussten von dem Streit, den Ihr Mann mit Paula hatte, nicht wahr? Und Sie wissen auch ganz genau, worum es bei dem Streit ging. Haben Sie deshalb Paula aufgesucht? Um Klarheit zu schaffen?«

Lars sprang vom Sofa auf und schaute die Beamten zornig an. »Jetzt reicht es aber! Meine Frau hat eine Fehlgeburt gehabt, wir trauern, sind am Boden zerstört!«

Doch Fenna ließ sich nicht bremsen. »Frau Schnitker, es tut uns von Herzen leid, dass Sie Ihr Kind verloren haben, aber Sie müssen uns jetzt die Wahrheit sagen: Was haben Sie Paula Friese angetan?«

108

»Raus! Aber sofort!«, schrie ihr Ehemann und zeigte mit dem Finger auf die Tür.

»Paula hat Ihnen gesagt, dass sie schwanger war, nicht wahr?«, ließ die Kommissarin die Katze aus dem Sack.

Amelie löste sich aus ihrer Starre und blickte die Kommissarin durch tränenverschleierte Augen an. Lars riss den Mund auf und erwiderte: »Was für einen Mist erzählen Sie denn da?«

»Halt deinen Mund, Lars!«, keifte Amelie. »Meinst du etwa, ich habe nicht gemerkt, dass du was mit Paula hattest? Für wie blöd hältst du mich eigentlich?« Sie strafte ihn mit hasserfüllten Blicken.

Ihr Mann ließ sich entsetzt auf das Sofa fallen. »Was?«, kam es im Flüsterton über seine Lippen.

»Was genau ist geschehen, Frau Schnitker?«, fragte Fenna.

Ihr Kollege blieb still und notierte sich ab jetzt alles.

Amelie wischte sich mit dem Handrücken die Tränen weg und schniefte. »Vor knapp zwei Monaten habe ich mitbekommen, dass Lars mit Paula im Bett war, und es folgten noch weitere Treffen zwischen den beiden. – Ich habe es durch Zufall herausbekommen, da sein Telefon klingelte und ich auf das Display geschaut habe. Es war eine WhatsApp, in der stand, wie toll doch die Nächte mit ihm waren und dass sie ihn vermissen würde. Sie wollte, sobald ihr Freund aus Polen zurückkommt, Schluss mit ihm machen. – Aber es stand nicht ihr Name da, sondern nur Sternchen.« Sie holte einen tiefen Atemzug, um weitersprechen zu können. »Ich bin meinem Mann gefolgt und habe beide gesehen, wie sie in ihrer Wohnung verschwunden sind und mein Mann erst Stunden später wieder rauskam. Und mir hat er immer gesagt, er habe wegen der Misswahl und den anderen Sommer-Events zu viel zu tun und muss Überstunden machen.« Sie schluckte und wieder traten Tränen in ihre Augen.

»Und warum haben Sie Paula erst diese Woche auf das Verhältnis angesprochen?«, wollte Fenna erfahren.

Lars saß wie ein Häufchen Elend neben seiner Frau und sagte keinen Ton mehr. Er hatte wohl nicht damit gerechnet, dass seine Frau von dem Verhältnis wusste.

Frau Schnitker räusperte sich und sprach weiter: »Ich wollte es nicht wahrhaben, hatte Angst, was dann geschehen würde, und als ich vor einigen Tagen einen Schwangerschaftstest gemacht hatte, der positiv war, wollte ich die unschöne Angelegenheit endlich klären.

Ich wollte Paula als Erstes darauf ansprechen. Im Hotel hieß es, dass alle Kandidatinnen auf der Bürgermeisterwiese sind, um ein Fotoshooting zu machen, also bin ich hin und habe sie die ganze Zeit über beobachtet. Nach dem Shooting habe ich sie zur Rede gestellt.«

»Und wie hat Paula reagiert?«

»Sie hat mir deutlich zu verstehen gegeben, dass Lars sich von mir scheiden lassen will.«

Jetzt konnte ihr Mann doch nicht mehr schweigen. »Das stimmt gar nicht! Ich hatte nie vor, dich zu verlassen! Paula war nur … nur ein Verhältnis«, endete er beschämend.

Amelie sah ihn aus funkelnden Augen böse an und richtete ihre Worte an ihren Mann: »Verhältnis?! Das hat sich aber von deinem *Sternchen* ganz anders angehört, besonders weil sie mir eiskalt um die Ohren gehauen hat, dass sie ein Kind von dir erwartet! Du elendiger Mistkerl!«, schrie sie ihn außer sich vor Wut an und schlug auf ihn ein, worauf er schützend die Hände hob.

Henning sprang auf und ging dazwischen. »Ganz ruhig, Frau Schnitker! Beruhigen Sie sich bitte wieder!«

Sie ließ von ihrem Mann ab und Tränen liefen über ihre Wangen. »Beruhigen? Du hast eine andere Frau geschwängert, eine andere! Ich wollte mit dir ein Kind haben! Ich!« Sie fing bitterlich an zu weinen.

Fenna reichte ihr ein Taschentuch. »Jetzt holen Sie erst einmal tief Luft, Frau Schnitker.«

»Und dann hast du sie einfach umgebracht?!« Lars war inzwischen aufgestanden und schlug entsetzt die Hände über dem Kopf zusammen.

Amelie schnäuzte sich und schüttelte den Kopf. »Was? Nein! Ich habe sie doch nicht umgebracht! Ich war das nicht!«

Die beiden Kommissare tauschten fragende Blicke aus. »Sie haben Frau Friese nicht umgebracht? – Was ist denn dann geschehen?«, wollte Fenna wissen.

»Ich habe mich mit ihr gestritten. Sie wurde handgreiflich und hat mich am Arm verletzt. Daraufhin habe ich an ihren langen Haaren gerissen und wollte ihr in den Magen boxen, aber ich konnte es nicht, immerhin war sie schwanger – so etwas würde ich nie machen! Ich habe sie dann einfach stehengelassen und bin zu meiner besten Freundin Kathi gegangen. Ihr habe ich alles erzählt.«

110

»Das werden wir kontrollieren, geben Sie uns bitte die vollständige Adresse Ihrer Freundin«, verlangte der Kommissar.

»Katharina Zecher, sie wohnt An der Mühle 56. Die Telefonnummer kenne ich nicht auswendig.«

»Danke, die Anschrift genügt schon.« Henning schenkte ihr ein Lächeln.

»Haben Sie denn irgendjemand anderes bei dem Shooting gesehen, der Ihnen auffällig vorkam?«, fragte Fenna weiter.

Frau Schnitker umfasste das Taschentuch und schüttelte den Kopf.

»Nein, tut mir leid. Ich war nur auf Paula fixiert und habe gehofft, dass der Mut mich nicht verlässt.«

»Okay – können wir Ihnen irgendwie weiterhelfen, Frau Schnitker?«, erkundigte Fenna sich fürsorglich.

Amelie stand langsam auf. »Nein, danke – ich komme zurecht. Ich werde meinen Vater anrufen, dass er mich abholen soll, und ich ziehe fürs Erste zu meinen Eltern.«

»Nein, Amelie! Es tut mir leid, ich hatte nie vor dich zu verlassen! Paula war einfach nur … ein großer Fehler … ich … ich … sie hat sich förmlich an mich herangemacht!«

»Halte deinen Mund, Lars! Die junge Frau war schwanger von dir und sie ist umgebracht worden! Auch wenn ich sie gehasst habe, so etwas Schreckliches hat sie nicht verdient! Und ich auch nicht!« Amelie ging schnurstracks an ihm vorbei. »Ich will nichts mehr mit dir zu tun haben!«

Es herrschte einige Sekunden lang eine betretene Stille, die der Kommissar unterbrach. »Tja, Herr Schnitker, tut uns leid, wie die Angelegenheit sich für Sie entwickelt hat. Wir werden jetzt gehen.«

Lars ließ sich niedergeschlagen auf das Sofa fallen und reagierte auf die Worte des Kommissars nicht. Was sollte er dazu auch sagen können?

Im Flur traf Fenna auf Frau Schnitker, die inzwischen ihren Vater angerufen hatte und gemeinsam mit den Beamten die Wohnung verließ. Henning trug den großen Koffer nach unten und die beiden wünschten ihr alles Gute.

»Oh Mann – das ist echt heftig, die arme Frau Schnitker«, sagte Fenna betroffen, als beide in den Wagen einstiegen.

Henning stimmte ihr zu und sagte: »Also ist der Mörder noch immer auf freiem Fuß. – Wir überprüfen jetzt ihr Alibi und danach ab zur Wache.«

Gesagt, getan.

Die Beamten trafen Katharina Zecher und deren Ehemann zu Hause an, und beide konnten bezeugen, dass Amelie Schnitker zu dem besagten Zeitpunkt bei ihnen gewesen war.

Auf dem Rückweg legten sie einen Stopp ein, um von einer Fischbude ihr Mittagessen zu besorgen. Henning kümmerte sich um die Nahrung und Fenna nutzte die Gelegenheit und eilte erneut in den Drogeriemarkt. Als sie zum Wagen zurückkam, blieb sie kurz stehen, da Henning sich mit Sven Perick vor der Fischbude unterhielt. Ach, sie hatte ganz vergessen, ihrem Kollegen gegenüber zu erwähnen, dass das Ergebnis der Pillenuntersuchung vorlag. Wie hatte sie das nur vergessen können? Damit sie nicht mit dem Doc reden musste und keine unangenehme Situation entstehen konnte, huschte die Polizistin flink hinter eine Häuserecke und behielt die beiden im Auge. Bescheuert! Es dauerte auch nicht lang und Sven verabschiedete sich. Er verschwand in der Menschenmenge, die auf der Straße unterwegs war.

Henning saß im Wagen, als sie die Tür aufmachte und einstieg. »Kann losgehen!« Er startete und fuhr los. Nachdem er einige Sekunden lang nichts gesagt hatte, warf er ihr einen schmalen Blick von der Seite zu. »Danke, dass du die Information vom Doc an mich weitergegeben hast!«

Fenna stieß einen genervten Seufzer aus und umklammerte ihre paar Einkäufe, die vor ihr auf dem Schoß lagen. »Habe ich vergessen! Woher weißt du denn davon?«, spielte sie die Unwissende.

»Weil ich gerade zufällig unseren Doc getroffen habe und er mir gesagt hat, dass er dir gestern Abend von den Laborwerten berichtet hat. – Warst du etwa bei ihm im Krankenhaus?«

Die Kommissarin fühlte sich im Moment, als würde ihre Mutter mit ihr reden, und sie hatte ein schlechtes Gewissen, weil sie mit einem fremden Mann zu Abend gegessen hatte. Na ja, so fremd war der Doc nun auch nicht mehr für sie – immerhin hatte er ihre nackten Beine und ihre Unterhose gesehen. Über die Vorstellung musste sie grinsen.

»Was grinst du denn so? – Läuft da was zwischen dir und dem Doc?« Die Worte von Henning klangen pikiert und genauso sah er seine Kollegin an.

Sie zeigte ihm einen Vogel und blieb ganz cool. »Du spinnst doch! Ich war gestern in der *Milchbar* was essen und da kam er zufällig vorbei und wir haben uns unterhalten. Dabei erwähnte er, dass das Ergebnis der Pillen vorliegt. Mehr ist da nicht!« Sie wandte sich ihm mit einem neugierigen Blick zu. »Und wenn, was geht es dich an?«

Henning presste die Lippen zusammen, konzentrierte sich auf den Verkehr und wechselte schlagartig das Thema. »Also müssen wir noch einmal zu Heike Bunger und sie auf die verbotenen Pillen ansprechen.«

»So sieht es wohl aus. Aber sie kann nicht die Täterin sein, genauso wenig wie Frau Schräder, da beide ein Alibi haben«, bemerkte Fenna und war froh, dass nicht weiter der Doc das Thema war.

»Ein Alibi, das sie sich gegenseitig geben, das stört mich ja so. Irgendetwas stimmt mit den beiden nicht«, gab Henning zu bedenken.

Fenna hob den rechten Zeigefinger und sprach: »Und was ist, wenn Schräder und Bunger Paula gemeinsam getötet haben? Oder eine weitere Variante: Paula ist unglücklicherweise in ein Treffen beziehungsweise in eine Pillenübergabe hineingeplatzt. Sie wollte alle auffliegen lassen und der Dealer hat sie mit dem Stein erschlagen. Oder«, Fenna holte tief Luft, »ein Serienkiller, der es auf verkleidete schöne Frauen abgesehen hat, ist auf Norderney unterwegs.«

Ihr Kollege warf ihr einen skeptischen Blick zu und zog die Braue hoch. »Dein Ernst?«

Sie zuckte mit den Schultern und erwiderte trocken: »Ich habe Pferde vor der Apotheke kotzen sehen.«

»Du hast *was*?« Seine Braue ging noch höher in die Stirn.

»Kennst du den Spruch nicht?«, fragte sie belustigt.

Er schüttelte den Kopf. »Nein, noch nie was davon gehört. Was bedeutet das?«

»Na ja, Pferde können nicht kotzen, also wenn sie dann doch kotzen und das vor einer Apotheke, dann bedeutet das, dass man nicht so dumm denken kann, wie es passieren kann«, brachte Fenna irgendeinen sinnlosen Mist hervor, und als sie seine Grimasse sah, seufzte sie und gab offen zu: »Ja, klingt total bescheuert, ich weiß – aber den

113

Spruch hat meine Mutter immer zu mir gesagt. Google ihn einfach mal.«

»Klar, das wird meine Tagesaufgabe für heute sein«, scherzte er humorlos und parkte den Wagen vor der Polizeistation. Er verließ schnell das Fahrzeug und eilte, ohne auf seine Kollegin zu warten, in die Wache.

Fenna klemmte sich ihre Einkäufe unter den Arm und folgte ihrem beleidigten Partner bis in die Küche. Henning hatte sich sein mitgebrachtes Fischbrötchen ausgepackt und das seiner Kollegin extra in der Tüte gelassen. Er war wirklich beleidigt – nur weil sie ihm nicht von dem Testergebnis der Pillen berichtet hatte. Oder störte ihn etwa der Gedanke, dass sie und der Doc …?

»Moin Fenna! Ich habe während eurer Abwesenheit die Bilder vom Shooting durchgesehen – dabei ist mir noch was aufgefallen«, unterbrach Tobias ihre Gedanken, worauf sie den Kopf schüttelte und ihn fragend ansah. »Bitte?«

»Na, ich habe mir die Bilder vom Shooting genauer angeschaut und mir ist eine weitere Person aufgefallen«, präzisierte der Praktikant.

»Oh, ja und wer?«

»Komm, zeige ich dir – vielleicht kennt ihr ihn.« Tobias lief aus der Küche voran, zu seinem Schreibtisch. Fenna folgte ihm, und als er ihr die Person zeigte, sagte sie: »Das ist Kai Overhoff, der Freund von Paula Friese. Er war es nicht – er hat ein Alibi.«

»Okay, ansonsten war alles normal auf den Bildern.«

Sie klopfte ihm auf die Schulter. »Aber trotzdem danke, und du hast ein gutes Auge! Weiter so, Tobias.«

Der Praktikant freute sich über ihre lobenden Worte.

Fenna ging zurück in die Küche und traute ihren Augen nicht. Hoschi hatte sich ihr Fischbrötchen aus der Tüte geholt und auf einen Teller gelegt. »Hey! Das ist meins! Ich glaube es ja wohl nicht!« Sie entriss ihm den Teller.

»Du darfst dein Essen hier nicht so zugänglich liegen lassen – anscheinend hat Henning dir noch nicht von unseren Küchenregeln erzählt«, grinste Hoschi und schlenderte aus der Küche. »Dann hole ich mir jetzt mein eigenes!«, rief er im Weggehen.

Fenna schüttelte ungläubig den Kopf und marschierte mit dem Fischbrötchen an ihren Schreibtisch. »Nicht zu fassen! – Hey, Henning, kann es sein, dass du vergessen hast, mir von den Küchenregeln zu erzählen?«

114

Seine Antwort war ein böses Grinsen und er stopfte sich den Rest des Fischbrötchens in den Mund.

Hauptkommissar Wiemer trat aus seinem Büro. »Und? Wie sieht es bei euch aus? Kommt ihr endlich in dem Fall voran?«

Da Fenna ihr Essen genoss, klärte Henning den Boss über den jetzigen Ermittlungsstand auf.

»Wir werden gleich noch mal mit Heike Bunger sprechen. Die Tabletten, die wir in ihrer Wohnung gefunden haben, stehen auf der Verbotsliste.«

»Soweit ich informiert bin, habt ihr euch die Tabletten illegal verschafft und das Untersuchungsergebnis wird vor Gericht nicht anerkannt. Und fragt mich bloß nicht nach einem Durchsuchungsbefehl! Da Heike Bunger ein wasserdichtes Alibi hat, wird der Staatsanwalt den ablehnen, bevor ich ihn eingereicht habe!«, sagte er. »Ihr lasst also Heike Bunger in Ruhe, verstanden?«

»Ja!«, knurrte Henning, stand auf und ging zur Toilette.

»Guten Appetit!«, sagte er zu Fenna und verschwand wieder in seinem Büro.

Als Henning zurückkam, wirkte er noch schlechter gelaunt, als er vorher eh schon gewesen war.

Irgendwie hatte Fenna ihm gegenüber ein schlechtes Gewissen, weil sie ihn nicht über die Tablettengeschichte informiert hatte, immerhin war er ihr Partner. »Wollen wir heute Abend ins *Brauhaus* gehen? Ich gebe einen aus, als Wiedergutmachung.« Sie grinste ihn entschuldigend an.

Ihr Kollege verzog keine Miene und ließ sie schmoren.

»Ach, komm schon, jetzt spiel nicht die beleidigte Leberwurst – ich habe es echt vergessen! Ich zahle auch das Essen.« Fenna klimperte mit ihren langen Wimpern und faltete die Hände zum Gebet. »Bitte, ich will mit dir essen gehen.«

In der nächsten Sekunde huschte ein Lächeln um seine Mundwinkel. »Du weißt schon, dass wir morgen freihaben – das wird teuer für dich!«

115

16. Kapitel

Die beiden machten pünktlich Feierabend und verabredeten sich zu neunzehn Uhr dreißig. Fenna schlenderte vor sich hin summend nach Hause, als ihr plötzlich Herr Haas über den Weg lief. »Moin, Herr Haas, was verschlägt Sie denn in diese Gegend?«

»Das Grab meiner Oma ist auf dem Friedhof«, sagte er. »Zum Wochenende gehe ich immer hin und schaue nach dem Rechten.«

Die Kommissarin nickte. »Es ist ein schöner Inselfriedhof.« Als Antwort fiel ihr nichts anderes ein, und ehrlich gesagt hatte sie auch kein Verlangen, sich mit dem Herrn zu unterhalten.

Herr Haas sah sie an, als würde ihm was auf dem Herzen liegen und er wüsste nicht, ob er die Kommissarin darauf ansprechen sollte oder nicht. Fenna wollte ihren Gang fortsetzen, als sie ein Räuspern von ihm vernahm. »Warum haben Sie Frau Schnitker von dem Verhältnis erzählt? Lars ist am Boden zerstört und seine Ehe ebenfalls.« Seine Worte klangen vorwurfsvoll und genauso schaute er sie an.

»Nun, Herr Haas ... das hat Herr Schnitker selbst verschuldet.«

Seine rechte Braue schoss nach oben und er machte einen Schritt auf sie zu. »Lars ist vollkommen unschuldig. Das Mädel hat sich ihm doch regelrecht an den Hals geschmissen, die wäre mit jedem von uns ins Bett gestiegen, nur um den Titel zur Miss Norderney zu bekommen«, brachte er zornig hervor.

Fenna musste sich innerlich zur Ruhe zwingen, als sie diese unverschämten Worte von ihm zu hören bekam. »Ich wünsche Ihnen einen schönen Abend, Herr Haas.«

Die Kommissarin setzte sich in Bewegung und Herr Haas rief ihr hinterher: »Paula war ein billiges Flittchen!«

Fenna kniff die Lippen zusammen und machte auf dem Absatz kehrt. Sie blieb direkt vor ihm stehen. »Jetzt hören Sie mir mal gut zu, Herr Haas!« Sie stemmte die Hände in die Hüften. »Sie haben keine Ahnung! Frau Schnitker hat es selbst herausgefunden und daraufhin eine Fehlgeburt erlitten! – Wussten Sie eigentlich, dass Paula auch von Lars ein Kind erwartet hat? – Nein? Grausam, der Mörder hat sogar zwei unschuldige Seelen auf dem Gewissen.« Fenna ließ ihn einfach stehen und sagte leise: »Arschloch.«

»Ich werde mich über Sie beschweren, Frau Hansen!«, rief er der Kommissarin laut hinterher, doch Fenna reagierte diesmal nicht.

116

Zu Hause angekommen, huschte sie, nachdem sie ihre Wunde mit Frischhaltefolie umwickelt hatte, schnell unter die Dusche. Da sie auf der Arbeit meistens einen Zopf trug oder ihre braunen langen Haare hochsteckte, nutzte sie die Gelegenheit und ließ sie offen über ihre Schulter fallen. Sie legte ein dezentes Make-up auf und schlüpfte in eine verwaschene Jeans, die einige Löcher aufwies, eine weiße schlichte Bluse und sandfarbene Keilsandalen. Ihre Geldbörse, Hausschlüssel und Telefon steckte sie in eine schmale Handtasche und legte, bevor sie aus der Wohnung ging, noch etwas Parfüm auf. Dann machte sie sich auf den Weg.

Es war ein kleines Stück von der Maybachstraße bis zum *Alten Brauhaus*, das am Damenpfad lag, zu laufen. Zu dieser Uhrzeit herrschte Hochbetrieb auf den Straßen von Norderney. Die Gäste strömten in die unzähligen Bars und Restaurants. Stimmengewirr erfüllte die warme Abendluft und die Kinder tobten ausgelassen herum. Fenna ließ den Tumult auf sich wirken und fühlte sich in diesem Moment glücklich und zufrieden. Auf dem Weg zum *Brauhaus* entdeckte sie mehrere Werbeplakate, die für die Misswahl warben – einige von ihnen waren mit Parolen beschmiert. Und auf einem Plakat stand: »Wer ist der Mörder?«

Ja, das wollte Fenna zu gerne wissen. Seit Tagen gingen die Kommissarin und ihr Kollege sämtlichen Hinweisen nach, aber nichts führte sie zum Ziel.

Fenna bog in den Damenpfad ein und sah Henning schon von Weitem. Seine Uniform hatte er gegen lässige Jeans, ein schwarzes T-Shirt und weiße Sneakers getauscht. Als Henning seine Kollegin entdeckte, hob er die Hand und lächelte. »Und du willst wirklich mit mir in ein Brauhaus gehen, obwohl du überhaupt kein Bier trinkst?«, begrüßte er sie.

»Stell dir vor, hier gibt es sogar Wein und Aperol Spritz.«

»Na dann – Ladys first!« Er hielt ihr die Tür auf.

Fenna hatte gerade einen Fuß in das Restaurant gesetzt, als ihr ein Schwall warmer, verbrauchter Luft entgegenströmte und die Bude zum Bersten voll war. Hätte sie sich auch denken können.

Ein junger Kellner kam ihnen entgegen. »Moin! Tisch für zwei Personen?«

»Moin, genau! Ich habe leider keinen reserviert«, sagte Fenna.

»Kein Problem! Kommt mit, da hinten ist gerade einer frei geworden.« Der Kellner lief voran und die beiden folgten ihm durch die

117

besetzten Tischreihen. Er wischte den Tisch schnell mit einem feuchten Lappen sauber. »So, bitte schön – wisst ihr schon, was ihr trinken möchtet? Oder soll ich noch mal wiederkommen?«

»Ich nehme ein großes Helles«, bestellte Henning und nahm Platz.

»Und ich nehme einen trockenen Weißwein, danke.«

»Gerne. Möchtet ihr die Speisekarten haben?«, erkundigte er sich weiter.

Beide nickten und der Kellner entschwand.

»Weißt du, wer mir auf dem Nachhauseweg begegnet ist?«, fragte sie ihren Kollegen.

Er schüttelte den Kopf und drehte einen Bierdeckel zwischen seinen schlanken Fingern.

Fenna berichtete ihm von der Begegnung mit Herrn Haas und was er von sich gegeben hatte. »Der spinnt doch wohl, oder?«

Henning seufzte. »Tja, manche Männer meinen, dass gutaussehende Frauen als Freiwild zu behandeln sind. – Das hast du doch schon oft zu spüren bekommen, oder?«

Ja, das hatte sie, aber auf das Thema wollte sie nicht näher eingehen und lenkte auf den Mordfall zurück. »Was machen wir denn jetzt? Wie geht es weiter in dem Fall? Wir haben nicht einen konkreten Beweis, es ist zum Mäusemelken.«

Der Kellner servierte die Getränke und reichte beiden eine Speisekarte. »Ich komme gleich wieder!«

Die beiden hoben ihr Glas und prosteten sich zu. Henning sagte: »Auf dass wir den Fall lösen werden! Ohne Mäuse zu melken.«

Nachdem beide getrunken hatten, beugte Fenna sich auf den Unterarmen gestützt vor und senkte die Stimme. Es musste nicht jeder mitbekommen, dass die beiden von der Polizei waren und über einen aktuellen Mordfall sprachen. »Wir übersehen etwas – aber ich weiß nicht was. Es ist direkt vor unserer Nase und wir finden es nicht.«

Ihr Kollege stimmte ihr zu. »Das Gefühl habe ich auch.«

»Wer hätte denn noch einen Grund gehabt, Paula Friese zu töten?«, fragte sie nachdenklich und fügte hinzu: »Alle Verdächtigen haben ein verdammtes Alibi!«

»Und das stört mich bei Heike Bunger und Frau Schräder – wir müssen irgendwie versuchen, die beiden aus der Reserve zu locken«, äußerte Henning seinen Vorschlag.

118

Fenna umschloss das Weinglas und schaute ihn mit unverhohlener Neugier an. »Und? Wie willst du das machen? Frau Schräder ist eine eiskalte Zicke, da können wir unser Glück nur bei Heike versuchen.«

Henning nahm sich die Speisekarte vor. »Jetzt wird erst einmal gegessen – ich habe Hunger und mit leerem Magen kann ich nicht denken.«

»Als wenn dir das mit vollem Magen gelingen würde«, scherzte sie und fing sich einen schmalen Blick ein. Sie lachte und versteckte ihr Gesicht hinter der Speisekarte.

Es dauerte nicht lang und beide hatten sich entschieden. Genau passend, denn just kam der Kellner zu ihnen an den Tisch und fragte nach ihren Wünschen.

In der Zwischenzeit waren viele Gäste mit dem Essen fertig und verließen das Brauhaus in Richtung Strand, der nur einen Katzensprung entfernt lag. Somit wurde es vom Geräuschpegel her angenehmer. Während sie auf das Essen warteten, redeten sie über banale Dinge.

Nach knapp zwanzig Minuten wurde Fenna die Hähnchenpfanne geliefert und Henning hatte Schnitzel mit Pommes bestellt. Sie wünschten sich einen guten Appetit.

»Wir werden uns übermorgen mal durch die Datenbank arbeiten, um zu sehen, wer alles wegen dieser illegalen Diätpillen aktenkundig ist – vielleicht kommen wir in dieser Hinsicht weiter«, schlug Henning vor.

»Ischt üschermorgen nsicht tschu schpät?«, nuschelte sie mit vollem Mund.

»Ab zweihundert Gramm wird es unverständlich, das weißt du, oder?«, erwiderte er stumpf.

Fenna musste sich bei seinem Gesichtsausdruck ein Lachen verkneifen, ansonsten wären die zweihundert Gramm, die sich in ihrem Mund befanden, quer über den Tisch geflogen. Also kaute sie zu Ende, schluckte den Happen hinunter und sagte verständlich: »Ist übermorgen nicht zu spät?«

Er sah sie verblüfft an. »Sag jetzt nicht, du willst eine Sonderschicht machen?«

Sie nahm einen Schluck vom köstlichen Wein und zuckte mit den Schultern.

119

Er winkte ihre Geste mit einer laschen Handbewegung fort. »Nix da! Ich rufe morgen früh in der Wache an und gebe die Aufgabe an die Schicht weiter. Ich glaube, Timo hat Dienst, auf ihn ist Verlass.«

»Na dann!« Fenna leerte ihr Glas. »Auf in die nächste Runde!«

»Lass uns lieber weiterziehen!« Er gab dem Kellner ein Zeichen, dass er bezahlen wollte, und trank sein Glas ebenfalls leer.

»Ich lade dich ein, wie versprochen.«

Nachdem die Rechnung von der Kommissarin beglichen worden war, verließen sie das Brauhaus und mischten sich unter das Volk, das an dem wunderbaren, lauwarmen Sommerabend noch unterwegs war.

In der *Haifischbar* legten sie ihren nächsten Trinkstopp ein. Die Hütte war relativ voll und somit ergatterten die Beamten nur einen Stehplatz am Ende der Theke. Henning übernahm die erste Runde, und es dauerte nicht lang und eine Frau in Fennas Alter gesellte sich zu den beiden. Sie fiel Henning einfach um den Hals und begrüßte ihn, als wären sie die dicksten Freunde, worauf Fenna ihm einen fragwürdigen Blick zuwarf. Henning löste sich schnell aus der Umarmung und wich einen Schritt zurück. »Hey, Michaela!« Die Frau störte das nicht im Geringsten und sie begutachtete indessen mit eifersüchtigen Blicken seine Begleitung. »Bist du auch ein Bulle?«, richtete sie die Frage an Fenna. An der leicht geleierten Aussprache und den glasigen Augen erkannte die Kommissarin, dass sie betrunken war.

»Das ist meine Kollegin«, sagte Henning.

»Du bist viel zu hübsch, um ein Bulle zu sein«, haute sie ohne Umschweife heraus.

»Danke«, mehr gab Fenna nicht von sich und nahm lieber einen Schluck vom Weißwein.

Michaela drehte sich wieder zu Henning und sprach: »Ich war heute bei euch … habe Diebesgut abgegeben!«

»Diebesgut?«, wiederholte Henning.

Sie gestikulierte mit ihren Händen durch die Luft. »Ja, ich habe beim Spazierengehen in den Dünen einen Stoffbeutel entdeckt, voll … voll mit Handys und leeren Geldbörsen. – Hoschi ist echt nett!«

Henning stimmte ihr durch ein Nicken zu, und an seinem verkrampften Gesichtsausdruck konnte Fenna sehen, dass er überhaupt

120

keinen Bock hatte, sich mit der angetrunkenen Michaela zu unterhalten. »Ja, Hoschi ist nett.«

Fenna holte ihr Telefon aus der Handtasche hervor und hielt es sich ans Ohr, dann tickte sie Henning an und sagte: »Tut mir echt leid, ich muss euer Treffen leider beenden. Wir müssen sofort zur Polizeistation.«

Ihr Kollege schaute sie verwirrt an, doch als Fenna eine Grimasse zog, kapierte er, was sie vorhatte, und machte ein enttäuschtes Gesicht. »Oh, Michaela, ich hätte mich noch sehr gern mit dir weiter unterhalten, aber wir müssen zur Wache.«

Sie starrte ihn aus geweiteten Augen an. »Jetzt noch? Du hast doch frei, oder?«

Fenna zwängte sich zwischen die beiden und stellte das leere Weinglas auf dem Tresen ab. »Tja, einmal Bulle, immer Bulle! Schönen Abend noch!«

Henning leerte sein Bierglas und stellte es ebenfalls ab. »Tschüss, und danke, dass du das Diebesgut zu uns gebracht hast!«

Die beiden eilten aus der *Haifischbar.*

»Wo hast du die denn aufgegabelt?«, fragte Fenna amüsiert.

»Ach, es gab vor Wochen einen Diebstahl in dem Hotel, in dem sie arbeitet, und sie war eine Zeugin – seitdem läuft sie mir immer mal wieder über den Weg«, klärte er sie auf. »Wohin jetzt?«

»Lass uns mal ins *Strandgut* gehen«, schlug Fenna vor und die beiden machten sich auf den Weg. Das *Strandgut* war eine Bar, die über gemütliche Sitzgelegenheiten und Chill-Musik verfügte, dort konnten sich die Gäste wenigstens in Ruhe unterhalten. Henning hatte sie an ihrem ersten Abend, den sie auf Norderney verbrachte, hierher eingeladen und einen Willkommensdrink ausgegeben. Zu ihrem Glück war hier weniger los und sie ergatterten einen gemütlichen Sitzplatz. Nach einer Stunde und zwei weiteren Gläsern Weißwein versteckte Fenna ein Gähnen hinter ihrer Hand und warf einen Blick zur Uhr. »Oha, ich bin müde und mache mich auf den Weg.«

»Ja, ich gehe auch nach Hause. Ich möchte meinen freien Tag nicht mit einem Kater verbringen.«

Somit verließen die beiden die Bar und Henning begleitete seine Kollegin ein kleines Stück in Richtung Maybachstraße.

17. Kapitel

Fenna öffnete langsam die Augen und blinzelte mehrmals, um klar sehen zu können. Die roten Zahlen ihres Radioweckers zeigten halb acht an. Sie drehte sich schwungvoll auf die andere Seite, schloss die Augen und versuchte wieder einzuschlafen. Nachdem sie sich wie Sid, das Faultier aus *Ice Age*, mehrfach im Bett herumgewälzt hatte, schlug sie die Decke von ihrem Körper und stand brummend auf. Da hatte sie mal frei und konnte nicht schlafen. Super!

Sie schlenderte gähnend in die Küche, um die Frischhaltefolie zu holen, da sie duschen wollte und die Wunde noch immer damit umwickeln musste. Ihr Blick fiel auf den weißen Umschlag, der an der Magnetwand hing. Er wurde von den Figuren Popeye und dessen Freundin Olivia gehalten. Es waren noch immer die fünfhundert Euro Finderlohn von Frau von Zarow drin. Das Geld wollte sie doch spenden und just in dem Moment fiel ihr eine passende Organisation ein. Sie würde es dem Verein geben, der sich um die Eltern der sogenannten Sternenkinder kümmerte. Doch zuerst verschwand sie ins Bad. Danach machte sie sich ein Müsli und kochte sich einen Tee. Fenna suchte im Internet nach einem passenden Verein und wurde schnell fündig. Fünfhundert Euro wurden umgehend auf das genannte Spendenkonto überwiesen. »So, dann wäre das auch erledigt«, sagte sie zu sich selbst, und diese Tat hinterließ ein gutes Gefühl.

In der nächsten Sekunde klingelte ihr Telefon und Henning war dran. »Moin, na, ausgeschlafen?«

»Heike Bunger wurde heute Morgen ins Krankenhaus eingeliefert«, sagte ihr Kollege.

»Was? Oh, mein Gott – was ist passiert?«, fragte Fenna aufgeregt.

Ihr Kollege antwortete: »Das weiß ich noch nicht. Ich habe gerade bei Timo angerufen und ihm gesagt, dass er die Datenbank nach den Pillendealern durchforsten soll, da hat er mir die Nachricht übermittelt.«

»Da müssen wir sofort hin!«, rief sie in den Hörer.

»Wir treffen uns dort!« Mehr sagte er nicht und hatte das Gespräch bereits beendet.

Fenna ließ alles stehen und liegen, schlüpfte schnell in ihre Jeans, ein T-Shirt und Turnschuhe und eilte aus ihrer Wohnung. Sie nahm diesmal das Rad und war somit innerhalb der nächsten zwanzig Minuten im Krankenhaus. Henning hatte ihr in der Zwischenzeit eine

Nachricht geschickt, wo sie ihn finden würde. Fenna schloss das Rad ab und stürmte in die Notaufnahme. Henning unterhielt sich mit dem behandelnden Arzt, als die Kommissarin die Abteilung erreichte.

»Moin, mein Name ist Fenna Hansen, Inselpolizei.«

Der Arzt gab ihr die Hand und stellte sich vor. »Moin, ich bin Doktor Arnold, Notaufnahme.«

Die Polizistin sah den Doc neugierig an. »Können Sie schon sagen, was mit Frau Bunger passiert ist?«

»Nein, leider noch nicht. Wir warten auf die Blutergebnisse – aber sie hatte einen Kreislaufzusammenbruch und war völlig dehydriert. Vielleicht Drogen?«, äußerte der Arzt seine medizinischen Vermutungen.

»Dürfen wir zu ihr?«, fragte Henning.

Doktor Arnold nickte und fügte hinzu: »Aber nicht lange, sie ist sehr schwach. – Sie liegt auf Zimmer 56, gleich hier vorne.«

Die Beamten blieben vor der Tür stehen, klopften an und traten ein. Heike sah leichenblass aus. Ihre Solariumbräune schien über Nacht einfach verblasst zu sein. Dunkle Ringe lagen unter ihren Augen. Ein Gerät überwachte ihre Herzfrequenzen und den Puls, der niedrig war. Das leise Piepen erfüllte den Raum.

Fenna näherte sich. »Frau Bunger? Können Sie mich hören?«

Sie öffnete langsam die Augen und fragte leise: »Wer ... ist da?«

»Hier ist Fenna Hansen von der Inselpolizei und mein Kollege Henning Petersen. – Was ist denn passiert?« Ihre Stimme klang sanft und ruhig.

Die Gesichtszüge der jungen Frau verzogen sich und sie begann zu weinen. »Es ... tut mir so leid ... ich ... ich wollte das alles nicht.«

Die Beamten warfen sich überraschte Blicke zu und Fenna fragte weiter: »Was tut Ihnen denn leid, Frau Bunger, und was wollten Sie nicht?«

»Ich ... ich bin so müde ... ich war das nicht«, brachte sie kaum hörbar über ihre Lippen.

Die Kommissarin näherte sich der Patientin und neigte ihren Kopf, um sie besser verstehen zu können. »Wenn Sie es nicht waren – wer dann? Frau Bunger, können Sie mich hören?«

Frau Bunger blieb still und ihr Kopf sackte auf die Seite.

Fenna wartete einige Sekunden, doch Heike wachte nicht wieder auf. »Verdammt, was meint sie damit? – Kennt sie etwa den Mörder von Paula?«

Es klopfte und eine Krankenschwester trat ein. »Moin, die Herrschaften – Sie müssen leider das Zimmer verlassen, wir bringen die Patientin zu einer weiteren Untersuchung.«

»Und wir gehen zur Polizeistation – mal sehen, ob Timo schon was in Erfahrung bringen konnte«, schlug Fennas Kollege vor und beide machten sich auf den Weg.

Da Henning auch mit dem Rad da war, fuhren sie gemeinsam zur Polizeistation.

Anscheinend war eine Fähre angekommen, denn auf den Straßen von Norderney herrschte ein wildes Durcheinander. Linienbusse, private Autos und Taxen brachten die Neuankömmlinge zu ihren Unterkünften. Gäste ratterten mit ihren Koffern über die Bürgersteige oder nahmen teilweise die ganze Straße in Beschlag. Fenna musste des Öfteren ihre Klingel betätigen, damit sie nicht jemanden umnietete.

»Moin! Ich dachte, ihr habt heute frei?«, begrüßte Ben seine beiden Kollegen.

»Wir haben erfahren, dass Heike Bunger heute Morgen ins Krankenhaus eingeliefert wurde«, teilte Fenna ihrem Kollegen mit. »Leider konnte sie uns noch nicht sagen, was genau passiert ist.«

»Ja, der Anruf aus dem Krankenhaus kam heute gegen sieben Uhr bei uns rein«, bestätigte Ben und fügte hinzu: »Timo wartet auf euch.«

Fenna rümpfte die Nase, als ihr ein Geruch von verwestem Essen in die Nase kroch. »Was stinkt denn hier so nach totem Hund?«

»Das fragen wir uns auch schon die ganze Zeit, aber wir finden die Ursache nicht. Der Praktikant hat schon alle Mülleimer geleert«, meinte Ben.

Die Beamten traten in den hinteren Bereich, wo Timo seinen Schreibtisch hatte und der Gestank zum Glück nicht mehr vorhanden war. »Moin! Und? Konnte euch Heike Bunger was sagen?«

»Nein, leider nicht. Sie ist zu schwach, und das Ergebnis der Blutabnahme dauert natürlich immer einige Stunden. Ich hoffe, dann erfahren wir mehr, was den Kreislaufzusammenbruch verursacht hat. – Obwohl: Ich tippe auf die illegalen Diätpillen«, äußerte sie ihre persönliche Vermutung.

124

Henning stimmte ihr zu: »Davon gehe ich auch aus. – Und? Hast du was in der Datenbank gefunden?«, richtete er die Frage an seinen Kollegen.

Timo lehnte sich in seinem Bürostuhl zurück und drehte einen Kugelschreiber zwischen seinen Fingern. »Nun, irgendwie ja und irgendwie nicht.«

Fenna zog eine Braue hoch. »Das soll heißen?«

»Der Typ, den Frau Schräder vor Jahren verraten hat, Bernd Scheepers, ist zwar auf freiem Fuß, hat aber mit den Diätpillen nichts mehr am Hut. Zumindest laut seinen eigenen Angaben, denn ich habe vorhin mit ihm telefoniert. Aber er gab mir einen anderen Namen, den ich durch die Datenbank gejagt habe – und was soll ich sagen? Er heißt Mario Klasper und handelt mit den Pillen. Die beiden haben sich vor Monaten zufällig in Hamburg getroffen und Mario hat ihn über Frau Schräder ausgefragt. Ob sie zahle und vertrauenswürdig sei.«

»Also ist unsere liebe Wahlleiterin doch rückfällig geworden!«, rief die Kommissarin überrascht.

»Das konnte mir Herr Scheepers nicht bestätigen, aber ansonsten hätte ihn der neue Pillenverkäufer nicht über Frau Schräder ausgefragt. Vielleicht aber auch nur ein kleiner Racheakt von Scheepers, da er wegen ihr sitzen musste«, gab Timo zu bedenken.

Henning kratzte sich an der Stirn, die in Falten lag. »Was nicht in meinen Kopf will, ist, warum ausgerechnet Schräder und Bunger ein gemeinsames Alibi haben. Schräder handelt vielleicht wieder mit den gefährlichen Pillen und Heike hat sie von ihr bekommen und liegt deshalb im Krankenhaus.«

»Aber was hat das mit dem Mord an Paula Friese zu tun?«, hinterfragte Fenna und schaute in ratlose Gesichter.

»Wir müssen unbedingt mit Schräder reden und noch einmal mit Heike Bunger, da stinkt was, und das ganz gewaltig!«, brachte der Kommissar mit fester Stimme hervor.

»Besonders da vorne, in eurer Ecke!«, scherzte Timo. »Habt ihr da etwa eine Leiche gebunkert?«

»Wieso ausgerechnet in unserer Ecke?!«, wiederholte Fenna pikiert.

Das Telefon auf Timos Schreibtisch klingelte und somit hob er zum Abschied die Hand.

125

Die Kommissare begaben sich wieder nach vorne, wo Ben mit einer Lufterfrischer-Flasche umherlief und *Wilde Waldwiese* versprühte.

»Und? Was machst du heute noch?«, fragte sie ihren Kollegen, als sie draußen bei ihren Rädern stehen blieben.

»Einkaufen, Wäsche waschen und bügeln«, nannte er seine Tagesaufgaben, worauf Fenna lachen musste. Er sah sie mit einer hochgezogenen Braue an. »Was ist daran lustig? Hausarbeiten sind nicht lustig.«

»Kommissar Henning Petersen mit einem Bügeleisen in der Hand!«, kicherte sie noch immer.

»Es gibt Frauen, die stehen auf sowas!«, brachte er überzeugt hervor.

»Michaela ganz bestimmt«, spielte sie auf die gestrige betrunkene Dame an, die sich an seinen Hals geschmissen hatte.

Ihr Kollege schwang sich aufs Rad und zahlte mit gleicher Münze zurück. »Ruf doch mal deinen Arzt an, vielleicht kann er das Blutergebnis beschleunigen!«

Ihr Lachen erstarb augenblicklich und sie entgegnete in einem Zickenton: »Er ist nicht *mein* Arzt!«

»Schönen Tag noch!«, rief Henning ihr im Wegfahren zu.

»Blödmann«, säuselte Fenna und hatte den Abend in der *Milchbar* vor Augen. Seitdem hatte sie Sven nicht mehr gesehen – was auch ganz gut war. Irgendwie verursachte der Doc Herzklopfen bei ihr.

Fenna beschloss noch etwas durch die Stadt zu bummeln und kaufte sich drei neue Kühlschrankmagneten. Einen Seehund mit blau-weiß gestreifter Seemannsmütze, eine Meerjungfrau und einen Piraten. Der Stadtkern war wie immer gut besucht, und unzählige Inselgäste genossen das herrliche Wetter. Fenna wollte noch an der Strandpromenade spazieren gehen, was sollte sie auch in ihrer kleinen Bude hocken? Sie musste weder einkaufen noch Wäsche waschen, geschweige denn bügeln. Die Vorstellung, dass Henning jetzt am Bügelbrett stand, zauberte ein Grinsen in ihr Gesicht. Sie kaufte sich ein Eis und nahm auf einer der vielen Bänke Platz. Sie beobachtete das bunte Treiben und liebte es, die unterschiedlichen Menschen zu begutachten. Ab und zu drangen interessante Gesprächsfetzen an ihr Ohr. Da ging es um neue Sandalen, die viel zu teuer gewesen waren, was der Mann nie erfahren durfte, oder warum Ella mit ihrem Kind nicht klarkam, oder es wurde gestritten, in welchem Restaurant heute Abend gegessen wurde. Hunde beschnüffelten Fennas Beine, worauf

126

Herrchen oder Frauchen sich bei ihr entschuldigten. Ein Hundebesitzer sprach sie an, als sein Hund, ein Dackel, einfach bei Fenna sitzen blieb und ihre Streicheleinheiten genoss. Der Mann lud sie spontan zu einem Kaffee ein, doch Fenna lehnte höflich ab. Der Mann und sein Hund zogen enttäuscht weiter.

»Hallo, Frau Hansen!«, erklang eine ihr bekannte Stimme, und sie sah Lisa Marie auf sich zukommen. Sie war die Teilnehmerin, die Paula Friese als vermisst gemeldet hatte und als Einzige mit ihr gut ausgekommen war.

»Hallo, Lisa Marie – na, genießt du auch das schöne Wetter?«

»Ja, ich habe mich mit einer Freundin in der *Milchbar* verabredet. Und Sie, heute mal frei?«, erkundigte sie sich.

»Genau. Möchtest du dich zu mir setzen?«

»Gerne.« Lisa Marie nahm Platz und warf der Kommissarin einen traurigen Blick zu. »Sie haben den Mörder noch immer nicht, oder?«

Fenna gab einen verzweifelten Seufzer von sich. »Leider nicht. – Aber sag mal, hast du vielleicht mitbekommen, dass Frau Schräder und Heike Bunger sich gut verstanden haben?«

Lisa Marie pustete die Luft aus und dachte einige Sekunden darüber nach. »Ja, ich habe die beiden öfter mal zusammen gesehen, aber da war nichts Besonderes geschehen.«

»Auch kein Streit zwischen den beiden oder hast du die beiden an dem Tag, als Paula umgebracht wurde, zusammen gesehen? Also nach dem Shooting?«

Sie kniff die Lippen zusammen, überlegte kurz und sprach: »Einmal hat Schräder Heike zur Schnecke gemacht, weil sie mehrmals unterm Solarium war – was in der Wahlphase verboten ist. – Ist bestimmt nicht so wichtig, oder?«

Ein Lächeln huschte um Fennas Mundwinkel. »Der kleinste und unscheinbarste Hinweis kann oft der Schlüssel zur Aufklärung eines Falles sein. Danke, Lisa Marie. Dann lassen Sie Ihre Freundin nicht warten – schönen Tag noch.«

Sie stand auf. »Danke, das wünsche ich Ihnen auch, Frau Hansen, und dass Sie den Mörder finden werden.« Lisa Marie war einige Meter von ihr entfernt, als das Telefon der Kommissarin klingelte. Es war das Krankenhaus – das Testergebnis war da. »Ich komme sofort!«

Fenna eilte zu ihrem Rad, das in der Stadt am Netto-Markt stand, und radelte zum Krankenhaus.

18. Kapitel

Doktor Arnold empfing sie in seinem privaten Sprechzimmer und klärte die Kommissarin über das Ergebnis auf. »Genau diese Inhaltsstoffe werden für Diätmittel benutzt, die hochgradig gesundheitsschädlich sind. Gemäß der Menge, die wir im Blut von Frau Bunger gefunden haben, nimmt sie die Pillen in hoher Dosis und diese sind somit der Grund für ihren Zusammenbruch.«

»Gut, dann werde ich mit ihr reden.«

»Da wir jetzt wissen, womit wir es zu tun haben, konnten wir dem Mittel entgegenwirken und ihr geht es wesentlich besser«, sagte der Arzt.

Fenna stand auf, worauf er sich ebenfalls erhob, und sie reichte dem Doktor die Hand. »Vielen Dank.«

»Dafür nicht, Frau Hansen – sollten Sie noch Fragen haben, wenden Sie sich gern an mich.«

»Das werde ich – wiedersehen!«

Sie verließ das Sprechzimmer und machte sich auf den Weg zu Zimmer 56. Sie klopfte an und trat ein. Heike Bunger hatte tatsächlich eine gesündere Gesichtsfarbe bekommen und die schwarzen Schatten unter ihren Augen verblassten allmählich. »Hallo, Frau Bunger, wie geht es Ihnen?«

Anscheinend schon besser, denn sie wirkte sichtlich genervt, als sie die Kommissarin sah. »Danke, gut«, grummelte sie verdrießlich.

Fenna trat näher und blieb am Ende des Bettes stehen. »Seit wann nehmen Sie die Diätpillen?«, fragte sie direkt.

»Ich weiß nicht, wovon Sie da reden«, gab sie patzig Antwort.

»Nun, da sagt Ihr Blutergebnis aber was ganz anderes, Frau Bunger. Sie wissen schon, dass Sie dem Tod von der Schippe gesprungen sind?« Fenna jagte ihr etwas Angst ein und hoffte, sie damit wachzurütteln.

Doch Heike blieb bockig. »Ich brauche gar nicht mit Ihnen zu reden.«

»Das stimmt.« Der Blick der Kommissarin huschte über den nackten Arm der Patientin und sie konnte einen hellen Abdruck an ihrem linken Handgelenk entdecken. Lisa Maria hatte recht, Heike Bunger musste regelmäßig das Solarium besuchen und beim Bräunen nicht die Uhr abnehmen. Fenna wechselte schlagartig das Thema in diese Richtung. »Sie gehen regelmäßig unter das Solarium?«

128

»Wieso? Ist das jetzt verboten?«, kam wieder eine freche Ansage von ihr.

»Nein, nein ... ich bin neu auf der Insel und noch auf der Suche nach einem Solarium. Wo gehen Sie denn immer hin?«, fragte Fenna freundlich und schenkte ihr ein vertrauensvolles Lächeln.

Heike Bunger stutzte im ersten Moment über die Frage und antwortete: »Es gibt nur ein Solarium hier auf der Insel – das *Sunflowers*.«

»Danke, das kann ich mir merken. Okay, dann werde ich Sie nicht weiter stören. Gute Besserung, Frau Bunger.« Die Kommissarin verließ das Zimmer und beschloss, das Solarium aufzusuchen – warum auch immer. Was sollte sie da schon finden?

Das Solarium lag in der Bogenstraße und war laut Google tatsächlich das einzige Solarium auf Norderney. Nun, wozu brauchten die Inselgäste eine künstliche Sonne, wenn es doch hier das beste Wetter gab? Fenna betrat das Bräunungsstudio und wunderte sich, dass so viele Leute dieses Angebot nutzten. Alle Liegen waren belegt, das konnte der Besucher anhand eines Bildschirmes erkennen. Die Kommissarin stellte sich der Angestellten mit ihrem Ausweis vor. Die junge Dame hieß Elvira und Fenna erfuhr von ihr, dass das Studio videoüberwacht wurde.

Elvira war so gutgläubig und fasziniert, dass sie bei der Aufklärung eines Mordes behilflich sein konnte, dass sie der Kommissarin ohne Protest die Videoaufzeichnung von Paula Frieses Todestag zeigte. Und als Fenna auf dem Band sah, wer gegen achtzehn Uhr das Studio betrat, traute sie ihren Augen nicht. Heike Bunger. Sie sonnte sich fünfundzwanzig Minuten lang und danach unterhielt sie sich weitere dreißig Minuten mit der Dame vom Personal. »Kennen Sie die Kundin?«

Elvira strahlte und sagte voller Stolz: »Klar, das ist Heike, sie hat auch bei der Wahl zur Miss Norderney mitgemacht. Und meine Kollegin Xenia, die hatte Schicht bis zweiundzwanzig Uhr.«

Fenna bedankte sich bei Elvira und eilte nach draußen. Sie griff zum Telefon. »Henning, ich muss mit dir reden!«

*

Zehn Minuten später klingelte Fenna bei ihrem Kollegen Sturm. Sie war so aufgeregt und musste ihm unbedingt ihre Neuigkeiten erzählen. Sie hörte Schritte, dann öffnete Henning die Tür. »Klingel doch

129

noch mal!«, bemerkte er in einem genervten Ton, doch Fenna eilte an ihm vorbei bis ins Wohnzimmer. Dort war ein Bügelbrett aufgestellt und ein Wäschekorb stand auf dem Boden, in dem sich noch so einiges an Klamotten stapelte. »Du bügelst ja wirklich?«, stellte seine Kollegin mit einem Grinsen im Gesicht fest.

»Nee, ich habe die Bügeltante in meinem Schlafzimmer versteckt«, entgegnete er humorlos. »Sagst du mir jetzt, was los ist?«

Fenna berichtete von dem Gespräch mit Lisa Maria an der Strandpromenade und dass der Arzt sie wegen des Testergebnisses angerufen hatte. Sie war daraufhin umgehend zum Krankenhaus gefahren, und der Verdacht, dass Heike die verbotenen Diätpillen einnahm, war vom Arzt bestätigt worden. »Aber Heike war nicht sehr gesprächig. Und dann bin ich einfach mal zum Solarium gefahren und habe auf einem Video gesehen, dass Heike zur Tatzeit dort war – also kann sie gar nicht mit Frau Schräder gemeinsam am Strand spazieren gewesen sein. Frau Schräder hat somit kein Alibi!«

Henning hatte ihr aufmerksam zugehört und fragte: »Aber mal angenommen, Frau Schräder ist die Mörderin – warum gibt Heike ihr ein falsches Alibi? Bei dem Mord war sie nicht dabei, da lag sie unterm Assi-Toaster.«

»Assi-Toaster?«, wiederholte Fenna amüsiert.

»Anderes Wort für Solarium – kennst du das nicht?« Er sah sie überrascht an. Sie schüttelte lachend den Kopf. Ihr Kollege seufzte: »Du bist noch ein junger Hüpfer, das Wort stammt aus einer anderen Zeit, da hast du noch mit Puppen gespielt.«

Auf die Äußerung mit den Puppen ging Fenna nicht näher ein. »Vielleicht wegen der Pillen?«

»Ja, aber Heike muss doch irgendwie herausgefunden haben, dass eventuell Frau Schräder Paula umgebracht haben muss, ansonsten wäre das Alibi doch sinnlos – was hätte Heike davon?«, gab Henning zu bedenken.

»Stimmt auch wieder. Wir müssen Heike unter Druck setzen – immerhin können wir beweisen, dass sie uns in Sachen Alibi angelogen hat.«

»Wir werden gleich morgen früh zu ihr gehen und sie auf den Pott setzen. Und wir holen uns einen Bescheid vom Staatsanwalt, dass wir das Video aus dem Solarium beschlagnahmen können.« Henning stellte sich an das Bügelbrett und nahm das Bügeleisen in die Hand. »So, ich muss weitermachen.«

Fenna schlenderte zur Haustür und rief, kurz bevor sie verschwand: »Bügeln steht dir – sieht echt sexy aus!«

»Hau ab!«, schallte es zurück und Fenna zog lachend die Tür ins Schloss.

*

Am nächsten Morgen trafen Henning und Fenna sich um zehn Uhr direkt am Krankenhaus. Sie hatten sich am gestrigen Abend noch eine Nachricht geschickt, dass das Gespräch mit Heike nicht länger warten durfte. Die Beamten mussten endlich in dem Fall vorankommen und ihn zum Abschluss bringen.

»Ich bin gespannt, wie Heike reagieren wird«, sagte Fenna zu ihrem Kollegen, klopfte bei Zimmer Nummer 56 an und die Beamten traten ein. Die Kommissarin wusste sofort, als sie Heike sah, dass sie geweint hatte. Sie schniefte und wischte sich über die Wangen. »Guten Morgen, Frau Bunger – alles in Ordnung?«, erkundigte Fenna sich besorgt.

Die junge Frau straffte ihren Oberkörper und erwiderte in einem flapsigen Ton: »Was wollen Sie denn schon wieder hier?«

Henning trat zu ihr ans Bett. »Wir sind hier, um noch einmal über Ihr Alibi zu sprechen, Frau Bunger.«

Sie sah die Beamten verwirrt an. »Wieso? Ich habe Ihnen doch gesagt, dass ich mit Frau Schräder zur Tatzeit am Strand spazieren war. Und sie hat Ihnen das ebenfalls bestätigt.«

»Dann haben Sie eine Zwillingsschwester«, meinte die Kommissarin mit einem falschen Grinsen im Gesicht.

Heike zog eine Braue hoch. »Bitte?«

»Weil Sie zur Tatzeit im Solarium *Sunflowers* waren, Frau Bunger. Ich habe die Videoaufzeichnung gesehen – Sie sind fünfundzwanzig Minuten unter dem Bräunungsgerät gewesen und haben danach noch weitere dreißig Minuten mit der Angestellten Xenia geredet.« Fenna fixierte sie mit einem festen Blick. »Also, wenn Sie das nicht waren, müssen Sie eine Zwillingsschwester haben.«

Frau Bunger verschränkte abwehrend die Arme vor der Brust, zog einen Flunsch und schwieg.

»Was ist wirklich an dem Tag vorgefallen? Warum decken Sie Frau Schräder? Erpresst Sie die Leiterin, weil Sie von ihr die Diätpillen bekommen haben?«, fragte die Polizistin.

131

Der Kommissar sprach weiter: »Sie wissen schon, dass Sie sich mit strafbar machen, wenn Sie eine Mörderin decken? Wollen Sie wirklich für einige Jahre hinter Gitter, Frau Bunger?«

»Ich habe mit dem Mord nichts zu tun!«, gab sie scharf zurück. »Verlassen Sie auf der Stelle das Zimmer!«

Die Kommissare bewegten sich keinen Zentimeter und Fenna versuchte es weiter. »Frau Bunger, die Diätpillen, die Sie zu sich genommen haben, sind hochgradig gesundheitsschädlich. Wollen Sie, dass weitere Frauen in Todesgefahr geraten, weil Sie Frau Schräder decken?«

Die Patientin schwieg erneut.

»Wussten Sie eigentlich, dass Paula Friese schwanger war? Somit gibt es nicht nur ein Opfer, sondern ein unschuldiges, ungeborenes Kind musste mit ihr sterben«, haute Henning ihr ohne Umschweife die grausame Nachricht um die Ohren.

Diese Worte holten Heike aus der Bockigkeit. Sie starrte den Kommissar entsetzt an. »Was? Nein … nein … das wusste ich nicht.«

»Also, Frau Bunger? Möchten Sie uns vielleicht nicht doch die Wahrheit sagen? Oder soll die Täterin mit zwei Morden davonkommen? Können Sie das mit Ihrem Gewissen vereinbaren?«, übte die Kommissarin Druck auf sie aus. Sie konnte an dem Gesichtsausdruck erkennen, dass Heike fieberhaft überlegte, was sie jetzt zu den Beamten sagen sollte.

»Sollten wir erfahren, dass Frau Schräder für den Mord verantwortlich ist und Sie eine Mörderin mit einem falschen Alibi gedeckt haben, können Sie bei der nächsten Miss-Knast-Wahl antreten!«, schockierte Henning die junge Frau mit seinen harten Worten.

Heike schluckte schwer, blieb aber standhaft und sagte mit dünner Stimme: »Ich … ich werde mir einen Anwalt nehmen.«

»Das ist Ihr gutes Recht, Frau Bunger. Dann werden wir Sie jetzt allein lassen, damit Sie in Ruhe über alles nachdenken und einen Anwalt über Ihre missliche Lage unterrichten können. Wir kommen wieder. Gute Besserung!«, sagte Fenna in einem sachlichen Ton und begab sich zur Tür. Die Kommissarin stutzte, denn die Tür stand einen Spalt offen und sie hatte genau gesehen, dass ihr Kollege sie nach sich geschlossen hatte – hatte etwa jemand gelauscht?

Als die beiden auf den Flur hinausgingen, schaute Fenna in alle Richtungen, doch sie konnte niemanden sehen.

»Suchst du jemanden?«, wollte Henning von ihr wissen.

132

Sie schüttelte sachte den Kopf und fragte stattdessen: »Was machen wir jetzt?«

»Jetzt gehen wir zu Frau Schräder. Mal sehen, wie sie auf die gefakte Alibi-Sache reagiert.«

Die Dame an der Rezeption teilte den Polizisten mit, dass Frau Schräder gerade ausgecheckt hatte. »Sie müsste Ihnen eigentlich noch auf der Straße begegnet sein.«

»Danke!«, rief die Kommissarin und beide eilten nach draußen. »Ich schaue rechts nach und du links – vielleicht sehen wir sie noch.«

Doch Frau Schräder blieb verschwunden.

»Das ist mehr als verdächtig, oder?«, sagte Fenna leicht außer Atem, als die beiden sich am Hoteleingang wiedertrafen.

Henning zückte sein Telefon hervor und schaute, wann die nächste Fähre zum Festland ging. »In drei Stunden. Sie wird sich ganz bestimmt nicht die lange Zeit im Hafenterminal aufhalten – sie kann sich denken, dass wir dort als Erstes nachschauen werden.«

»Flughafen?«, schlug die Kommissarin vor, worauf Henning dort anrief. Er erkundigte sich nach Frau Schräder oder ob auf deren Namen ein Flug gebucht worden war – Fehlanzeige. Der Kommissar veranlasste gleich eine Sperrung für die Verdächtige, somit konnte sie auf diesem Weg die Insel nicht verlassen.

Im nächsten Moment klingelte Fennas Telefon. »Timo, was gibt es? … Was? Ja, klar, wir kommen sofort!«

Ihr Kollege sah sie gebannt an: »Was ist?«

Fenna steckte das Telefon zurück in ihre Tasche. »Die Telefone von Paula und Frau Schräder wurden gefunden – komm!«

Da beide heute noch nicht auf der Polizeistation waren, hatte jeder sein privates Rad dabei. Als wäre der Teufel persönlich hinter den beiden her, flitzten sie, so schnell es der Verkehrsfluss zuließ, in Richtung Tannenstraße.

Dort angekommen, wurden die Räder abgeschlossen und beide stürmten in die Polizeistation, wo ihnen Timo entgegenkam und seine Kollegen überrascht ansah. »Seid ihr etwa geflogen?«

»Fenna war nicht mehr zu bremsen – also?«, entgegnete Henning und pustete sich eine verirrte Haarsträhne aus dem Gesicht. »Und wieso habt ihr beide Telefone?«

Die Neugier über diese Information wurde bei Fenna von einem beißenden Geruch, der ihr in die Nase stieg, ausgebremst. »Habt ihr

133

noch immer nicht die Ursache für den erbärmlichen Gestank gefunden? Ist ja widerlich!« Sie verscheuchte mit schnellen Handbewegungen den Mief, der in der Luft herumwaberte.

»Nein. Ben vermutet eine tote Maus, irgendwo zwischen den Schrankspalten. – Und die beiden Telefone wurden in einem Leinenbeutel entdeckt, den uns eine Frau gebracht hat. Sie hat das Diebesgut in den Dünen gefunden. Wie ihr ja wisst, lungern hier seit einiger Zeit genügend Taschendiebe herum. Derjenige hatte sie unter einem Dünengrasbüschel versteckt, aber der Hund der Dame hat die Sachen erschnüffelt. «

Die Kommissare warfen sich belustigte Blicke zu und gleichzeitig kam der Name »Michaela!« über ihre Lippen.

Timo stutzte über ihre Aussage. »Woher wisst ihr das denn?«

Henning winkte seine Frage mit einer Handbewegung fort. »Nicht wichtig. Und weiter?«

»Nun ja, in dem Beutel waren zehn Telefone und einige Geldbörsen, bei denen natürlich das Bargeld fehlte. Aber die Ausweise sind alle vorhanden. Eine Geldbörse gehört Frau Schräder, genau wie eins der Telefone.«

»War es denn nicht gesperrt?«, fragte Fenna überrascht.

»Tobias hat sich um die Fundstücke gekümmert und konnte einige Telefone erfolgreich entsperren – fragt mich nicht, wie er das geschafft hat.«

»Und? Gibt es Nachrichten auf beiden Handys?«, hakte die Kommissarin nach.

Ein geheimnisvolles Lachen umspielte die Mundwinkel ihres Kollegen. »Ich glaube, wir haben den Mörder von Paula Friese, aber lest selbst.« Timo eilte an seinen Schreibtisch und kam mit beiden Telefonen in der Hand zurück. »Hier.«

Die Kommissare eilten in einen der kleinen Besprechungsräume, da hier die Luft besser war.

Fenna hatte das Telefon von Frau Schräder und Henning das von Paula in der Hand. Sie öffneten den WhatsApp-Chat der beiden. In den ersten Minuten herrschte Stille, da sich jeder einen Überblick verschaffen musste, dann sagte Fenna: »Ich habe es geahnt! Frau Schräder ist die Mörderin!«

134

19. Kapitel

»Aber sowas von!«, bestätigte ihr Kollege mit einem breiten Grinsen im Gesicht, fasste seine bisherigen Informationen zusammen und teilte diese laut mit: »Also: So wie es aussieht, hat Paula herausgefunden, dass Schräder mit den Diätpillen zu tun hat, die Heike einnimmt. Paula hat daraufhin von Schräder verlangt, dass sie die Wahl manipuliert, damit Paula gewinnt.«

Fenna ergänzte mit ihren Worten: »Laut Schräders Nachrichten weigerte sie sich aber zuerst, bis Paula ihr ein Foto von den Pillen geschickt und geschrieben hat, dass Heike so dumm war und ihr selbst welche im Namen Schräders angeboten hat.«

»Paula hat Schräder eine Nachricht geschickt, dass die beiden sich gegen achtzehn Uhr auf der Bürgermeisterwiese treffen wollen. Sie wollte mit ihr verhandeln.«

Fenna wischte mit ihrem Finger auf dem Display herum, damit sie die Nachricht vor Augen hatte. »Anne Schräder hat ihr eine hohe Summe Geld angeboten, damit sie den Mund hält. Mehr steht hier nicht. Die letzte Nachricht ging um siebzehn Uhr fünfundfünfzig raus mit den Worten *ich bin da.*«

»Paula hat *ich komme* getippt. Dann war sie offline.«

Fenna seufzte schwer. »Du meinst wohl, dann war sie tot.«

Henning nickte und legte das Telefon aus der Hand. »Wir müssen Schräder finden!«

»Aber wie passt Heike da rein? Sie hat den Mord doch gar nicht gesehen?«, sprach Fenna ihm gegenüber ihre Zweifel aus.

»Das werden wir sie persönlich fragen. Komm, wir gehen zu Wiemer, teilen ihm die Neuigkeiten mit und geben eine offizielle Fahndung nach Anne Schräder aus. – Von der Insel kann sie nicht mehr fliehen.« Henning eilte voran und Fenna folgte ihm ins Büro des Hauptkommissars.

Theo Wiemer hörte beiden aufmerksam zu, las sich die Nachrichten durch und leitete alles in die Wege, um Frau Schräder zu finden und zu verhaften. »Und was habt ihr jetzt vor?«

Fenna gab ihm Antwort: »Wir fahren zu Heike Bunger ins Krankenhaus und wollen endlich die Wahrheit von ihr erfahren!«

In der nächsten Sekunde klopfte es. Timo kam ins Büro und guckte bestürzt durch die Runde. »Das Krankenhaus hat gerade angerufen – Heike Bunger ist verschwunden.«

135

»So ein verdammter Mist!«, fluchte Fenna.

»Entweder versuchen beide gemeinsam zu fliehen oder«, Henning hielt mit dem Sprechen inne und Fenna beendete den Satz mit beklommenen Worten:

»Oder Schräder will eine gefährliche Zeugin loswerden.«

Der Hauptkommissar klatschte motivierend in die Hände und rief: »Na los, worauf wartet ihr noch? Ein Tag ist keine Woche, wie schnell ist nichts getan! Ich werde Timo und Ben zum Krankenhaus schicken und ihr schaut, ob Frau Bunger inzwischen zu Hause ist.«

Timo leitete die Information des Bosses an seinen Kollegen weiter. Fenna und Henning stiegen ins Auto und fuhren, so schnell es ging, zu Heike Bungers Adresse.

»Sie wohnt in der Rheinstraße – das ist eine Unterkunft für Saisonarbeiter«, teilte Fenna ihrem Kollegen während der Fahrt mit. »Hoffentlich kommen wir nicht zu spät?«

Henning warf ihr einen besorgten Seitenblick zu. »Glaubst du wirklich, Anne Schräder begeht einen weiteren Mord?«

Fenna zuckte unwissend mit den Schultern. »Ich habe Pferde vor de…«, weiter kam sie nicht, da Henning ihr ins Wort fiel und seufzend sagte:

»… vor der Apotheke kotzen sehen – ich weiß.«

Als der Wagen in die Rheinstraße einbog, konnten die Beamten sofort sehen, dass es keine einzige Möglichkeit gab, zu parken. Henning fackelte nicht lang. Er fuhr auf den Bürgersteig, schaltete die Warnblinker ein und beide gingen schnellen Schrittes zur Eingangstür.

Fenna klingelte Sturm. Doch es tat sich nichts. »Und wenn sie gar nicht hier ist, sondern von Schräder aus dem Krankenhaus entführt wurde? Die können sonst wo auf der Insel sein!«

Eine junge Frau mit Einkaufstaschen kam den schmalen Weg entlang und schaute die Polizisten überrascht an. »Moin! Zu wem möchten Sie denn?«

»Zu Heike Bunger, aber sie macht nicht auf«, antwortete Fenna. »Wohnen Sie hier? – Es ist dringend!«

»Ja, warten Sie, ich mache Ihnen die Tür auf.« Die Frau hatte den Schlüssel bereits in der Hand und ließ die Beamten herein. »Heike wohnt oben, linke Tür, Nummer 4.«

»Danke!«, rief Fenna ihr zu und beide sprinteten die Treppen ins erste Stockwerk hinauf.

136

Es war lautes Poltern aus dem Zimmer zu hören und durch die geschlossene Tür drang ein Schrei zu ihnen auf den Flur.

Beide holten zur Sicherheit ihre Waffen aus dem Halfter und Henning gab seiner Kollegin durch ein Nicken zu verstehen, dass sie zuerst anklopfen sollte.

Fenna klopfte und rief: »Frau Bunger! Hier ist die Polizei – machen Sie sofort die Tür auf!«

Kurze Stille, es folgten schwere Schritte und dann wurde die Tür aufgerissen. Eine völlig verängstigte Heike Bunger stand vor ihnen. »Sie wollte mich umbringen! Sie wollte auch mich umbringen!«

Fenna kümmerte sich um Frau Bunger, während Henning in das Zimmer stürmte. Frau Schräder saß auf einem der Küchenstühle, der andere war umgekippt. Sie hielt ein Messer in der Hand und starrte auf den Boden.

»Frau Schräder, bitte legen Sie das Messer weg«, sprach er mit fester Stimme zu ihr. Er hatte die Waffe im Anschlag und näherte sich mit langsamen Schritten. »Legen Sie *sofort* das Messer weg.«

Sie öffnete die Hand, worauf das Messer zu Boden fiel. Sie sah den Beamten aus schmalen Augen an. »Heike ist mit dem Messer auf mich losgegangen, ich konnte es ihr gerade noch entreißen.«

Heike preschte nach vorn und schrie: »Sie lügt! Ich bin überhaupt nicht auf sie losgegangen! Sie wollte mich umbringen!«

Der Kommissar sicherte die Waffe und steckte sie zurück in das Halfter. »Frau Schräder, Sie stehen unter dem dringenden Tatverdacht, Paula Friese ermordet zu haben. Stehen Sie bitte auf und drehen Sie sich um.« Sie folgte seiner Anweisung und hüllte sich in Schweigen. Henning legte ihr die Handschellen an und führte sie zur Wohnungstür.

»Alles in Ordnung bei Ihnen?«, erkundigte Fenna sich bei Frau Bunger, die leichenblass aussah, obwohl sie regelmäßig unters Solarium ging.

Die junge Frau zitterte am ganzen Körper und wischte sich die Tränen fort. »Ja, es geht. – Warum sind Sie zu mir gekommen?«

»Das Krankenhaus hat uns angerufen und mitgeteilt, dass Sie plötzlich verschwunden sind, da sind mein Kollege und ich einfach mal auf blauen Dunst hierhergefahren. Und wir sind zum Glück noch rechtzeitig gekommen.«

»Ich bringe Frau Schräder schon zum Wagen, sag du Timo und Ben Bescheid, sie sollen Frau Bunger abholen.«

137

*

Eine halbe Stunde später trudelten alle auf der Polizeistation ein und die Kommissare sprachen zuerst mit Frau Schräder. Die Station verfügte über einen kleinen Verhörraum mit einem Tisch, der in der Mitte stand, und vier Stühlen. Auf einem saß Anne Schräder. Sie wirkte eiskalt, zeigte keinerlei Emotionen. Henning und Fenna nahmen ihr gegenüber Platz.

»Möchten Sie etwas zu trinken?«, erkundigte Fenna sich.

»Einen Kaffee, schwarz.«

Die Kommissarin verließ für einen kleinen Augenblick den Raum und kam mit einem Pott Kaffee wieder. »Bitte.«

»Danke.« Frau Schräder umklammerte den Pott und nahm einige Schlucke.

Henning schlug die Akte Paula Friese auf, die vor ihm lag, und begann zu sprechen: »So, Frau Schräder. Wir haben die Telefone von Paula Friese und von Ihnen in einem Stoffbeutel in den Dünen gefunden. Wissen Sie, wie beide dort hingekommen sind?«

»Ich wurde vor zwei Tagen bestohlen. Ein Kerl hat mir in der Stadt meine Handtasche geklaut«, gab sie Antwort.

»Und warum haben Sie das nicht der Polizei gemeldet?«, hakte der Kommissar nach, obwohl er sich den Grund dafür denken konnte.

Frau Schräder schaute zu ihm auf. »Weil die Polizei in dieser Hinsicht eh nichts unternehmen kann. Ich hatte noch eine weitere Kreditkarte und etwas Bargeld im Hotelsafe. Den Ausweis kann ich nur in Hamburg neu beantragen, und meine anderen Karten wurden umgehend von mir gesperrt.«

Henning fragte weiter: »Also wurde Paula Friese auch von demselben Dieb bestohlen?«

Frau Schräder zuckte gleichgültig mit den Schultern. »Woher soll ich das wissen?«

Fenna ergriff das Wort: »Die Diätpillen, die Heike Bunger einnimmt, stammen von Ihnen. Paula Friese ist dahintergekommen und hat Sie damit erpresst.«

Ihre Augen funkelten für einen kleinen Moment. »Ich habe keine Ahnung, von welchen Pillen Sie da sprechen. Ich habe Ihnen bereits gesagt, dass ich mit dem Zeug nichts mehr zu tun habe.«

138

»Aber mit dem Mord, damit haben Sie etwas zu tun, Frau Schräder«, führte Henning das Gespräch weiter. »Wir haben auf beiden Telefonen den Chatverlauf zwischen Ihnen und dem Opfer gesehen. – Paula hat Sie erpresst, weil sie von Heike erfahren hat, dass Sie ihr die illegalen Diätpillen verkauft haben. Für ihr Schweigen verlangte Paula, dass Sie dafür sorgen, dass sie die Wahl zur Miss Norderney gewinnt.«

Ein hartes, abgehacktes Lachen kam über ihre rotgeschminkten Lippen. »Wer hat Ihnen eigentlich die Erlaubnis erteilt, mein privates Telefon zu kontrollieren?«

»Die Erlaubnis hat der Staatsanwalt uns erteilt und Ihr Telefon war nicht gesperrt, Frau Schräder«, warf Fenna ein.

»Sie haben sich gegen achtzehn Uhr mit Paula auf der Bürgermeisterwiese getroffen, wo vorher das Shooting stattgefunden hat. Paula hat plötzlich in einer anderen Nachricht eine hohe Summe Geld von Ihnen verlangt. Warum auf einmal? – Sicherlich, weil Sie die Jury nicht überzeugen konnten, dass sie alle für Paula stimmen sollten. Dann blieb Ihnen nur die Möglichkeit übrig, die Erpresserin mit Geld zu beruhigen. Aber warum auch immer ist das Gespräch schiefgelaufen«, äußerte der Kommissar der Verdächtigen gegenüber seine Variante des Ablaufs.

Es zuckte um ihre Mundwinkel und sie drehte die Tasse vor sich. »So ein Unsinn! Was können Sie mir denn schon beweisen? Ich bin gar nicht zu dem Treffen erschienen, ich lasse mich nicht von so einem frechen Gör erpressen, schon gar nicht, weil nichts der Wahrheit entspricht.«

Der Kommissar klappte die Mappe zu und schaute Fenna an. »Dann reden wir jetzt mit Heike Bunger, mal sehen, was sie uns zu erzählen hat. Genießen Sie Ihren Kaffee, Frau Schräder, wir kommen gleich zurück.«

»Von mir aus«, kam es flapsig zurück und sie schenkte den Beamten ein sarkastisches Grinsen.

Die beiden verließen den Raum und Fenna blies die Backen auf. »Boah, ist die alte Zicke krass!«

20. Kapitel

»Mal sehen, ob Heike Bunger auch eine krasse Zicke ist oder endlich verstanden hat, in welcher misslichen Lage sie steckt.« Henning ging voran.

Heike Bunger war in dem Besprechungsraum untergebracht und wurde von Timo bewacht. Er verließ den Raum, als seine Kollegen eintraten.

Frau Bunger saß wie ein Häufchen Elend auf dem Stuhl und umklammerte ein Glas Wasser. Sie schaute zu den Beamten auf und fragte mit dünner Stimme: »Hat sie den Mord gestanden?«

Diesmal führte die Kommissarin das Gespräch und gab ihr auf die Frage keine Antwort, sondern stellte ihr eine: »Wie kommen Sie darauf, dass Frau Schräder Paula Friese getötet hat? Sie waren zur Tatzeit im Solarium.«

Heike presste die Lippen zusammen und strich sich nervös durch die langen Haare. Bevor sie der Kommissarin eine Erklärung gab, holte sie tief Luft. »Nach dem Solarium bin ich zu Frau Schräder ins Hotel. Ich wollte mit ihr über Paula reden, weil sie mir erneut gedroht hat, mich bei den Veranstaltern anzuschwärzen.«

Fenna wollte von ihr wissen: »Haben Sie die genaue Uhrzeit?«

»Das war so gegen neunzehn Uhr zwanzig. – Die Zimmertür stand einen Spalt offen und ich … ich habe Blut an der Klinke gesehen und dachte mir, Frau Schräder sei verletzt. Ich bin reingegangen, habe mehrmals ihren Namen gerufen, doch sie stand unter der Dusche. Auf dem Boden verteilt, lag die Kleidung von Frau Schräder. Ihre weiße Bluse war mit kleinen Blutflecken übersät. Und auf dem Bett habe ich das Telefon von Paula und ihre rote kleine Handtasche entdeckt. Ich wusste ja, wie ihre Sachen aussahen. Es war keine Tastensperre aktiviert, meine Neugier siegte und ich habe mir die Nachrichten durchgelesen, die die beiden untereinander ausgetauscht haben.« Sie verstummte, nahm mit zittrigen Händen das Glas Wasser und trank mehrmals.

Der Kommissarin fiel in diesem Zusammenhang eine Frage ein. »Wir haben auf dem Telefon von Paula aber keine Nachrichten gefunden, die Sie beide miteinander geschrieben haben. Hatten Sie Ihre Nummern nicht getauscht?«

Heike schüttelte den Kopf und stellte das Glas zurück. »Nein – Paula wollte das nicht.«

140

»Gut. Jetzt von Anfang an. Wie ist Paula dahintergekommen, dass Sie die Pillen schlucken, und wie kam Frau Schräder ins Spiel?«, klinkte der Kommissar sich wieder mit ein.

»Ich habe mich von Anfang an mit Frau Schräder gut verstanden. Sie sagte mir, ich müsste noch ein paar Kilos weniger auf die Waage bringen, dann würde sie mich an eine Hamburger Modelagentur vermitteln. Na ja, ein Wort gab das andere und sie gab mir diese Diätpillen, die den Hunger unterdrücken. – Paula sagte mir in einem Gespräch, dass sie auch unbedingt ein paar Pfunde runterbekommen muss, besonders in einigen Monaten – tja, ich war so dumm und habe ihr von den Diätpillen erzählt und dass Frau Schräder sie mir gegeben hat«, erzählte Heike.

»Und das fand Paula gar nicht gut, oder?«, schlussfolgerte Fenna.

»Paula hat ein Riesenfass deswegen aufgemacht und mir gedroht: Wenn ich nicht freiwillig von der Misswahl zurücktrete, damit sie gewinnen kann, würde sie mich an die Jury verpfeifen und sogar bis zum Veranstalter gehen.« Ihre Augen verfinsterten sich für einen Moment. »Ich habe deswegen einen Streit mit Frau Schräder gehabt, da Paula nicht mal eine Stunde gewartet hat, um es der alten Zicke auf die Nase zu binden.«

»Und was hat Frau Schräder Ihnen vorgeschlagen?«, hinterfragte Henning.

Heike seufzte schwer und starrte auf das Glas vor ihr. »Dass sie sich darum kümmern wird, und ich soll Paula aus dem Weg gehen und die Tabletten verstecken. – Was ich auch gemacht habe.« Sie schaute zu den Beamten auf und Tränen schimmerten in ihren Augen. »Ich hätte nie gedacht ... dass sie ... dass sie Paula gleich umbringen wird.« Sie wischte sich mit dem Handrücken die Tränen von der Wange und schniefte.

Fenna griff in ihre Hosentasche und zog ein sauberes Taschentuch hervor. »Hier.«

»Danke.« Heike putzte sich die Nase und hielt das Tuch krampfhaft in ihrer linken Hand fest. So, als könnte ihr das Taschentuch Halt geben.

»Und was ist an dem Abend passiert, als Sie Frau Schräder im Hotel aufgesucht haben?«, kam Fenna auf den wichtigen Teil des Gespräches zurück.

Heike räusperte sich, nahm erneut mehrere Schlucke Wasser und sprach: »Ich war so in die WhatsApp-Nachrichten vertieft und ge-

141

schockt über das, was ich gelesen habe, dass ich nicht mitbekommen habe, dass Frau Schräder plötzlich im Bademantel vor mir stand. Sie fragte mich, was ich hier verloren hätte, und riss mir das Telefon aus der Hand. Ich teilte ihr mit, dass Paula mir nach dem Shooting noch einmal klar und deutlich zu verstehen gegeben hat, dass sie mich und auch sie auffliegen lässt, wenn ich nicht endlich meine Kandidatur zurückziehen würde. Ich habe Paula einfach stehengelassen und mitbekommen, dass eine Frau plötzlich bei ihr stand – anscheinend hatten die beiden sich gestritten. Ich war aber zu weit weg, ich konnte kein Wort verstehen.«

»Warum haben Sie uns nicht bei dem ersten Gespräch, das wir mit Ihnen im Hotel geführt haben, von dieser Frau erzählt?«, fragte der Kommissar.

Heike Bunger zuckte mit den Achseln. »An die habe ich gar nicht mehr gedacht – ich kannte die Frau auch nicht, deshalb schien sie mir nicht wichtig zu sein.«

»Und dann? Hat Frau Schräder Ihnen gegenüber den Mord zugegeben?« Fenna sah sie gebannt an. Die Frau bei Paula war Amelie Schnitker gewesen, das wussten sie inzwischen und deshalb war Paulas abgebrochener Fingernagel auf dem Schotterweg gefunden worden.

Heike antwortete nicht sofort auf die Frage der Kommissarin, sondern berichtete, wie es in dem Hotelzimmer weitergegangen war. »Ich habe mich bei ihr erkundigt, ob sie verletzt sei, da auf der Klinke und ihrer Bluse Blut zu sehen war. Sie erzählte mir, ohne mit der Wimper zu zucken, dass sie sich mit Paula getroffen und ihr eine hohe Summe Geld angeboten hat, damit sie uns beide nicht ans Messer liefert, doch Paula wollte nicht – sie griff stattdessen zum Telefon und wollte die Polizei rufen, da hat … da hat sie …« Heike fing an zu weinen. »Sie sagte, es wäre ein Unfall gewesen – sie wollte nicht, dass Paula zu Schaden kommt.« Heike putzte sich wieder die Nase.

»Warum haben Sie Frau Schräder gedeckt? Sie hatten mit dem Mord doch gar nichts am Hut?« Fenna blickte sie verständnislos an.

»Weil sie mich unter Druck gesetzt und mir sogar gedroht hat, dass sie mir den Mord in die Schuhe schieben würde. Und da ich die Nachrichten gelesen und die blutverschmierte Kleidung gesehen habe und somit schon zu tief mit drinstecken würde. Sie versprach mir, wenn wir uns gegenseitig ein Alibi verschaffen, würde die Poli-

142

zei ihr nichts beweisen können und sie würde dafür sorgen, dass ich die Misswahl gewinne, und sie wollte mir noch fünftausend Euro geben«, erzählte sie und Fenna konnte erkennen, dass es Heike Bunger unangenehm war und sich das schlechte Gewissen bei ihr meldete.

Henning schaute sie neugierig an und fragte: »Und wieso wollte Frau Schräder Sie plötzlich umbringen?«

Heike antwortete: »Als Sie bei mir im Krankenhaus waren und mir gesagt haben, dass ich zur Tatzeit gar nicht mit Frau Schräder am Strand spazieren gehen konnte, da ich unterm Solarium lag, hat sie es mit der Angst zu tun bekommen – sie hatte das Gespräch mitbekommen, da sie vor der Tür stand.«

Fenna hob die Hand und ließ sie flach auf den Tisch knallen. »Ha, wusste ich es doch, dass die Tür einen Spalt offen gestanden hat!«

Ihr Kollege warf ihr einen tadelnden Blick zu, worauf Fenna nur mit den Achseln zuckte. Henning mochte es nicht, wenn sie zu laut oder zu agil bei Befragungen oder Verhören wurde.

Heike sprach weiter. »Sie dachte, ich hätte sie an die Polizei verraten, und wollte mich aus dem Weg schaffen.«

Henning seufzte und legte die Hände auf dem Tisch ab. »Gut, Frau Bunger … Wir werden alles zu Protokoll bringen und bitten Sie, dieses noch zu unterschreiben.«

»Muss ich auch mit einer Strafe rechnen?«, fragte Heike mit ängstlicher Stimme.

»Das wird der Strafrichter entscheiden. Sie haben eine Mörderin gedeckt, aber dass auch Sie von ihr erpresst wurden, könnte sich günstig für Sie auswirken, Frau Bunger«, sagte Fenna.

»Sie werden gleich von einem Kollegen abgeholt, der mit Ihnen noch mal alles durchgeht.« Die Beamten erhoben sich und verließen den Raum, um ins Verhörzimmer zurückzukehren.

Frau Schräder würdigte die Beamten keines Blickes, als diese eintraten und auf den Stühlen Platz nahmen.

Der Kommissar legte los: »So, Frau Schräder, wir haben uns mit Frau Bunger unterhalten, die uns aufschlussreiche Informationen geben konnte. – Ihre letzte Chance, uns zu sagen, was passiert ist.«

»Ich sage gar nichts – mein Anwalt wird in zwei Stunden hier sein.«

Die Beamten standen stante pede wieder auf und verließen ohne ein weiteres Wort den Raum.

»Wir könnten die zwei Stunden nutzen und in Ihrem Hotelzimmer nach Beweisen zu suchen. Wo ist zum Beispiel die Handtasche von Paula geblieben und die blutverschmierte Bluse?«, schlug Fenna ihrem Kollegen vor.

»Gute Idee. Zwei Stunden – ab jetzt!« Henning warf einen Blick auf seine sportliche Armbanduhr und eilte voran. Fenna folgte ihm schnellen Schrittes. Bevor sie die Polizeistation in Richtung Hotel verließen, holten sie sich die Genehmigung von Theo Wiemer ein, der bereits im Vorfeld alle wichtigen Beschlüsse beim Staatsanwalt besorgt hatte.

Vor dem Hotel *Gezeiten* war inzwischen Ruhe eingekehrt. Keine Gegner der Misswahl oder Fans von Paula Friese waren mehr zu sehen. Es standen lediglich ein paar abgebrannte Kerzen in der Nähe des Eingangsbereiches und verwelkte Blumenreste lagen auf dem Boden.

An der Rezeption zeigte Henning den Durchsuchungsbefehl und eine Hotelangestellte öffnete ihnen mit der Karte die Tür zu Frau Schräders Zimmer. »Ich weiß aber nicht, ob Sie noch was finden werden, denn Frau Schräder hat ja heute Morgen ausgecheckt.«

»Hat sie vielleicht ihr Gepäck vorne bei Ihnen abgegeben? Sie haben doch einen Raum für Koffer, die erst später abgeholt werden, oder?«, fiel es Fenna ein.

Die Frau nickte. »Da meine Schicht erst vor einer Stunde angefangen hat, weiß ich es nicht, aber ich schaue sofort nach und sage Ihnen Bescheid.«

»Das wäre nett, danke!« Fenna holte ihre Handschuhe hervor und zog sie über.

Ihr Kollege tat es ihr nach und beide betraten das Zimmer. Die persönlichen Gegenstände von Frau Schräder waren zwar nicht mehr vorhanden, aber das Zimmer war noch nicht gereinigt worden. Fenna ging ins Bad und konnte auf den ersten Blick sehen, dass es hier nichts gab, was für ihre Ermittlungen wichtig sein könnte. Henning übernahm den Schlafbereich und auch hier gab es nichts Brauchbares. Er legte sich sogar auf den Boden und schaute unterm Bett nach. »Putzen können sie – hier liegt noch nicht mal ein Staubkorn.«

Fenna öffnete den kleinen Kleiderschrank, der leer war – nun ja, fast. Eine Wolldecke und ein weiteres Kopfkissen lagen drin. Die Kommissarin wollte gerade die Tür schließen, als sie bemerkte, dass die Wolldecke schlecht zusammengelegt war. Also war sie benutzt worden. Sie hob sie an, und zack – fiel ihr eine rote, kleine Handtasche vor die Füße. »Ha! Ich habe was gefunden!« Sie hob die Tasche auf und hielt sie ihrem Kollegen vor die Nase. »Das ist die Tasche von Paula Friese.« Die Kommissarin warf einen Blick hinein und fand persönliche Gegenstände vor. Ein Lippenstift, Taschentücher, Kaugummis, eine Nagelfeile und ein Schlüsselbund.

Ein breites Grinsen legte sich auf das Gesicht des Kommissars nieder. »Jetzt haben wir sie! Gut gemacht, Fen!«

Die Handtasche wurde in den Beweisbeutel gesteckt, und nachdem sie weitere Schubladen geöffnet hatten, in denen sie nichts vorfanden, begaben die Beamten sich zur Rezeption. Die Dame erwartete sie bereits. »Ich habe Ihnen das Gepäck von Frau Schräder in unser Büro gestellt, dann können Sie es in Ruhe ansehen.« Sie deutete auf die Tür, die sich hinter ihr befand.

Henning und Fenna bedankten sich und gingen in das kleine Büro. Vor ihnen stand ein großer goldener Hartschalenkoffer. Fenna bückte sich, legte den Koffer auf den Fußboden und öffnete ihn.

Der Inhalt des Koffers spiegelte die überstürzte Abreise von Frau Schräder wider. Alles lag kreuz und quer durcheinander. Fenna nahm jedes einzelne Kleidungsstück heraus und legte es zur Seite. Als der Kofferinhalt zu einem kleinen Berg neben ihr aufgetürmt lag, strich sie den leeren Koffer nach Innentaschen ab und fand einen Reißverschluss, der unter einer Ziernaht lag. Sie nahm den kurzen Zipper zwischen die Finger und öffnete ihn langsam. Zum Vorschein kam eine durchsichtige Plastiktüte. Fenna holte sie hervor und kippte den Inhalt in die leere Kofferschale vor sich. Es war eine weiße Bluse, die ganz flach zusammengelegt war und vorne einige Blutspritzer aufwies. »Das ist bestimmt kein Ketchup.«

Ihr Kollege warf einen prüfenden Blick auf seine Armbanduhr und sagte: »Wir liegen unter dreißig Minuten. – Also können wir noch mal mit ihr reden, bevor der Anwalt kommt.«

Fenna stopfte die Bluse in den nächsten Beweisbeutel und sah Henning skeptisch an. »Glaubst du, sie wird jetzt den Mord gestehen?«

»Nein – wir setzen sie nur etwas unter Druck.«

145

21. Kapitel

Wieder in der Polizeistation angekommen, marschierten die Kommissare schnurstracks in den Verhörraum. Frau Schräder wirkte sichtlich genervt, sagte aber kein Wort.

Henning legte ihr die rote Handtasche vor. »Die Tasche gehörte Paula Friese.«

»Was weiß ich, was Paula in ihrem Handtaschensortiment im Angebot hatte«, entgegnete Frau Schräder desinteressiert.

Die beiden nahmen Platz und der Kommissar schenkte ihr ein humorloses Lächeln. »Anscheinend hatten Sie das Sortiment bei sich im Hotelzimmer.«

»Ich habe die Tasche noch nie gesehen«, stritt sie ab.

»Sie war in die Wolldecke eingewickelt, die bei Ihnen im Hotel-Kleiderschrank liegt – wie ist sie da nur hingekommen?«, stellte Fenna ihr die Frage.

Frau Schräder zuckte gleichgültig mit den Achseln. »Bin ich etwa Hellseherin?«

Die Kommissarin legte die zweite Beweismitteltüte auf den Tisch. »Dann ist das bestimmt auch nicht Ihre Bluse, sondern die der Putzfrau, oder?«

Sie schaute gar nicht hin und sagte sofort: »Kenn ich auch nicht.«

Fenna konnte nicht anders und fing an zu lachen, worauf Frau Schräder sie pikiert ansah. »Dann gehört Ihnen auch nicht der goldene Koffer mit Ihrem Namensschild dran, den wir im Hotel durchsucht haben.« Die Kommissarin beugte sich ihr entgegen und sagte in einem Flüsterton: »Oha, dann sind Sie ja gar nicht Frau Anne Schräder – haben Sie die auch umgebracht und ihre Identität übernommen?«

Die Verdächtige wich zurück und zog eine angewiderte Grimasse, dann wand sie sich dem Kommissar zu: »Hat Ihre Kollegin nicht mehr alle Tassen im Schrank?«

Henning blieb gelassen und machte den Spaß von Fenna mit. »Sind Sie nun Frau Anne Schräder, oder nicht?«

Sie rollte genervt mit den Augen, verschränkte abweisend die Arme vor der Brust und lehnte sich zurück. »Ich warte auf meinen Anwalt!«

»Das ist Ihr gutes Recht. Aber da wir sicherlich Ihre Fingerabdrücke auf der Handtasche vorfinden werden und die Blutflecken

146

auf der Bluse von Paula Friese stammen, kann ich Ihnen jetzt schon sagen, dass Ihr Anwalt Ihnen raten wird, die Tat zu gestehen«, sagte der Kommissar.

»Wir werden sehen«, giftete sie und drehte ihren Kopf zur Seite.

Die Beamten hatten gerade den Raum verlassen, als Ben mit einem Mann, der einen teuren Anzug trug, auf dem Weg zu ihnen war und ihn vorstellte: »Das ist Herr Zimmermann, der Anwalt von Frau Schräder.«

Herr Zimmermann strahlte die Kommissarin freundlich an und reichte ihr seine schlanke Hand. »Sehr erfreut, Frau Hansen.«

Henning gab einen leisen Seufzer von sich, als er bemerkte, wie der Anwalt seine Kollegin anschmachtete, und schob sie galant beiseite. »Ich bin Kommissar Petersen. Wir haben erst in einer Stunde mit Ihnen gerechnet, Herr Zimmermann.«

Er ließ Hennings Hand schnell wieder los und wandte sich an die Kommissarin. »Ich konnte eine Maschine eher nehmen. – Meiner Mandantin wird also Mord vorgeworfen. Wie ist die Beweislage?«, richtete er die Frage an Fenna, die ihn über den jetzigen Stand der Ermittlungen aufklärte.

»Aber die Tasche und die Bluse müssen noch ins Labor – und außer der Aussage von Frau Bunger, die tablettensüchtig ist und die WhatsApp-Nachrichten zwischen meiner Mandantin und dem Opfer gelesen hat, haben Sie nichts Konkretes. Sehe ich das richtig?«, haute er ihnen das übliche Anwaltsgelaber um die Ohren.

»Das ist der Stand der Dinge, Herr Zimmermann«, bestätigte Henning.

»Gut, dann möchte ich jetzt mit meiner Mandantin unter vier Augen sprechen«, bat er höflich. »Bringen Sie mich hin, Frau Hansen?«, schleimte er, worauf Henning einen lauten Huster von sich gab.

»Mit dem größten Vergnügen!« Fenna musste sich ein Grinsen verkneifen und führte den Anwalt zum Verhörraum. Kurz bevor sie ihm die Tür öffnete, fragte er sie tatsächlich, ob sie nachher noch Zeit für einen Kaffee hätte. »Tut mir leid, aber mein Freund wartet auf mich«, war ihre Antwort und sie schloss flink nach ihm die Tür.

»Der würde dich, glaube ich, vom Fleck weg heiraten«, sagte Henning zu seiner Kollegin, als sie wieder zurückkam.

Sie winkte seine Worte mit einer laschen Handbewegung fort. »Nicht mein Typ!«

»Nicht?«, tat Henning so, als wäre er überrascht.

147

»Kaffee?«, überging sie das Thema *Typen*.

»Gern. Wird bestimmt dauern bei den beiden und der fesche Anwalt wird sie sicherlich davon überzeugen, die Klappe zu halten und kein Geständnis zu machen«, brummte der Kommissar.

»Vielleicht hätte ich sein Angebot, mit ihm einen Kaffee trinken zu gehen, doch annehmen sollen, dann würde er vielleicht Frau Schräder raten, die Tat zu gestehen.«

Henning traute seinen Ohren nicht und rief ihr entsetzt zu: »Er hat dich zum Kaffee eingeladen?!«

Fenna hob die Hand, worauf er den Kopf schüttelte und vor sich hin säuselte: »Nicht zu fassen – Hoschi hat recht, was habe ich nur zu uns auf die Insel geholt?«

Wenige Minuten später erschien Fenna mit zwei dampfenden Bechern. »Bitte. – Ich trinke viel lieber mit dir meinen Kaffee.« Sie reichte ihm den Pott und zwinkerte ihm zu.

»Meine Mandantin möchte ein Geständnis ablegen«, erklang die Stimme des Anwalts, worauf Fenna den Rest Kaffee, der sich noch in ihrem Mund befand, ausspuckte. »Iih … Mist!« Sie wischte sich über die Hand und sah, dass einiges auf ihrem Oberteil gelandet war. Egal – musste eh in die Wäsche.

Henning schaute Herrn Zimmermann an, als hätte er eine Halluzination, und wiederholte: »Frau Schräder möchte ein Geständnis ablegen?«

»Das habe ich gerade zu Ihnen gesagt. Also? Wollen wir dann? Mein Flieger geht in einer Stunde wieder zurück nach Hamburg.« Er grinste beide gekünstelt an und ging in Richtung Verhörraum.

Die Kommissare tauschten irritierte Blicke aus und folgten ihm schnellen Schrittes.

»Der hat sich jetzt aber wirklich einen Kaffee mit dir verdient«, flüsterte Henning ihr zu, worauf sie ihm einen leichten Knuff in die Seite verpasste. »Aua.«

Fenna schloss nach sich die Tür und beide nahmen Platz. Der Anwalt setzte sich auf die Seite seiner Mandantin und sagte: »Frau Schräder möchte ein Geständnis ablegen und dadurch eine Milderung der Strafe erreichen. – Bitte, Sie haben das Wort.«

Fenna wusste nicht, was der Anwalt Frau Schräder gesagt oder geraten hatte, aber die sonst so abweisende und eiskalte Zicke hatte ihre Maske fallen gelassen. Sie wirkte das erste Mal menschlich und sichtlich betroffen.

148

Frau Schräder räusperte sich und straffte ihre Schultern. »Mit den Pillen haben Sie recht und damit, dass ich sie Heike Bunger gegeben habe, ebenfalls. Ich hatte sie mehrfach darauf hingewiesen, es niemandem zu erzählen, aber leider konnte sie ihren Mund nicht halten und hat es Paula erzählt, die daraufhin zu mir kam und mir sagte, dass sie von den illegalen Pillen wusste, und wenn ich nicht nach ihren Regeln spielen würde, würde sie die Veranstalter der Wahl darüber informieren. Da ich ja, wie Sie wissen, bereits in dieser Angelegenheit vorbestraft bin und ich meinen Job nicht wieder verlieren wollte, ging ich auf Paulas Forderung ein.«

»Sie sollten die anderen beiden Jurymitglieder davon überzeugen, dass Paula zur Miss Norderney gekrönt werden soll«, warf Fenna ein.

Frau Schräder nickte und fuhr fort: »Ja. Aber beide wollten auf keinen Fall Paula als Gewinnerin sehen, sondern Lisa Marie. Ich habe mit Engelszungen auf die beiden eingeredet, doch sie blieben bei ihrer Entscheidung. Das habe ich Paula mitgeteilt, worauf sie plötzlich eine Unsumme an Geld von mir haben wollte.«

»Von wie viel reden wir denn?«, fragte Henning, denn in den WhatsApp-Nachrichten war die geforderte Summe nicht erwähnt worden.

»Hunderttausend Euro!«, brachte sie entsetzt hervor. »Woher sollte ich denn so eine immense Summe herbekommen? Ich verdiene nicht schlecht, aber so viel Geld hätte mir meine Bank nicht gegeben, besonders, weil ich noch einen hohen Kredit ablösen muss.«

»Und dann haben Sie sich um achtzehn Uhr auf der Bürgermeisterwiese verabredet, und als Sie Paula mitgeteilt haben, dass Sie die hohe Summe nicht zahlen können, ist die Situation eskaliert«, vermutete die Kommissarin.

Anne Schräder spielte verloren mit ihren Fingern und starrte einige Sekunden auf die Tischplatte, bevor sie weitersprach. Ihre Stimme klang jetzt nicht mehr so eiskalt, sondern brüchig. »Ich habe ihr angeboten, sie in einer bekannten Modelfirma unter Vertrag zu bringen, und ich könnte ihr monatlich tausend Euro überweisen, aber mehr würde ich nicht schaffen.« Sie schaute zu den Beamten auf und es schimmerten tatsächlich Tränen in ihren Augen. »Sie wollte das nicht. Sie sagte, sie bräuchte die Summe, um woanders neu anzufangen, da sie von der Insel wollte und aus gesundheitlichen Gründen in den nächsten Monaten nicht als Model arbeiten könnte.«

149

»Weil sie schwanger war«, kam es im Flüsterton über Fennas Lippen.

Frau Schräder wischte sich über die Augen. »Warum hat sie mir das nicht gesagt? Ich hätte ihr weitere Vorschläge gemacht und sie nicht …« Sie verstummte und kniff die Lippen zusammen.

Der Kommissar wollte von ihr wissen: »Was ist dann passiert?«

Sie holte mehrmals tief Luft und kämpfte gegen die Tränen an. »Sie wurde immer lauter und ließ sich auf keinen meiner Vorschläge ein. – Dann holte sie ihr Telefon aus der Tasche und wollte die Polizei anrufen. Sie drehte sich von mir weg – ich habe die Kontrolle verloren, sah den Stein und schlug mehrmals auf sie ein. Sie sackte zu Boden und blieb regungslos liegen. Ich fühlte ihren Puls, doch sie war tot.« Sie schluckte. »Ich habe ihr Telefon und die Tasche genommen und bin sofort zum Hotel zurück. Ich hatte Blutspritzer auf meiner weißen Bluse, auf den Händen und im Gesicht. – Als ich aus der Dusche kam, stand Heike Bunger plötzlich im Zimmer, hielt das Telefon von Paula in der Hand und hatte die blutbefleckte Bluse gesehen. Ich setzte sie unter Druck und drohte ihr, dass ich sie fertigmachen würde, wenn sie mir kein Alibi geben würde. Sie willigte ein.«

»Und dann haben Sie uns bei Heike im Krankenhaus gesehen und gedacht, sie hat gepetzt und Sie ans Messer geliefert«, schlussfolgerte die Kommissarin.

Es folgte ein Nicken.

»Und Ihnen wurde tatsächlich die Handtasche gestohlen, in der sich auch das Telefon von Paula Friese befand«, ergänzte die Kommissarin. »Warum haben Sie die Sachen von ihr nicht im Meer entsorgt?«

»Keine Ahnung. Ich habe die Handtasche in die Wolldecke gewickelt und das Telefon in meine Handtasche gesteckt, weil ich dachte, da ist es am besten aufgehoben. Ich konnte ja nicht ahnen, dass es hier auf der Insel so viele Taschendiebe gibt.«

»Und von der weißen Bluse konnten Sie sich ebenfalls nicht trennen?« Fenna zog fragend ihre Braue hoch.

Frau Schräder war sichtlich entsetzt und rief: »Wissen Sie, wie teuer das gute Stück war?«

»Tja, und jetzt bringt Sie das teure Stück für lange Zeit hinter Gitter, Frau Schräder«, entgegnete die Kommissarin schadenfroh.

*

150

Nachdem alle Formalitäten erledigt waren, wurde Frau Schräder in einer der Arrestzellen untergebracht. Die Kollegen aus Norden kamen erst am morgigen Tag, um die Schuldige auf dem Festland dem Haftrichter vorzuführen. Als Herr Zimmermann sich bei den Beamten verabschiedete, konnte Fenna sich nicht verkneifen, ihn zu fragen, wie er Frau Schräder in so kurzer Zeit dazu hatte bringen können, ein Geständnis abzulegen. Er lächelte verschmitzt, hielt ihre Hand länger als gewöhnlich und sagte: »Das, liebe Kommissarin, werde ich Ihnen nur bei einem Kaffee verraten.« Und dann verschwand er.

Henning wollte gerade einen passenden Spruch loslassen, als plötzlich ein bellender Hund zu ihnen gerannt kam und, ohne zu zögern, direkt vor Fennas Schreibtisch stehen blieb.

»Gut, Bärbel!«, erklang die Stimme von Hoschi, der eine Leine in der Hand hielt und sich zu dem Hund bückte. Es war ein Jack Russell, der aufgeregt mit dem Stummelschwänzchen wedelte und fiepende Geräusche von sich gab.

»Bärbel?« Fenna lachte. »Du hast einen Hund, Hoschi?«

»Nein, die Dame gehört meiner Nachbarin, ich habe sie mir nur ausgeliehen. Hunde verfügen ja, wie wir wissen, über super Spürnasen. Und da hier seit Tagen etwas zum Himmel stinkt und wir die Ursache nicht ausmachen können, habe ich mir Bärbel ausgeliehen«, klärte Hoschi die anwesenden Kollegen auf. »Und anscheinend hat sie es bereits gefunden.«

»In meinem Schreibtisch?« Fenna zeigte mit dem Finger auf sich selbst.

Hoschi kniete sich zu Bärbel. »Wo ist das Stinkerchen? Hm? Bärbel? Hast du es gefunden? – Darf ich die Schublade öffnen?« Die Frage richtete er an seine Kollegin Fenna.

»Klar.«

Hoschi zog die unterste Schublade auf, worauf er angewidert die Nase verzog und eine Frischhaltebox hervorholte. »Da haben wir ja den Übeltäter.«

Fenna hielt den Atem an. Verdammt! Da war ihr Käsebrötchen drin, das sie vor Tagen aus der Küche geholt und in einer ihrer neuen Boxen untergebracht hatte. Sie hatte es essen wollen, aber dann kam der Mordfall dazwischen und das Brötchen geriet in Vergessenheit.

Alle Augen waren auf sie gerichtet.

151

Fenna hob entschuldigend die Hände und sagte: »Hey Leute, ich kann das erklären!«

Henning trat zu ihr und hielt zum Spaß seine Handschellen in der Hand. »Frau Hansen, hiermit verhafte ich Sie wegen eines illegal gelagerten Käsebrötchens. Sie verstoßen gegen die Regel Nummer 5 des Norderney Polizeistationküchen- und Kantinengesetzes.«

»Moment mal! Niemand von euch hat mich über die Küchenregeln in Kenntnis gesetzt – ich bin unschuldig!«

Hoschi grinste seine neue Kollegin triumphierend an. »Du weißt doch: Unwissenheit schützt vor Strafe nicht.«

Fenna gab einen verzweifelten Seufzer von sich. »Okay, ich bekenne mich schuldig. Was ist meine Strafe?«

»Freibier für alle in der Stammkneipe der Polizeistation *Ankerkette*«, verkündete Hoschi, worauf alle anwesenden Kollegen klatschten und somit das Urteil besiegelten.

»Und einen großen Applaus für Bärbel, die die Täterin erfolgreich überführt hat! Sie erhält von der Verurteilten eine große Portion Leckerlis!«, fügte Hoschi hinzu.

Bärbel freute sich und bellte zustimmend.

Ende.

Klarant Verlag

Lernen Sie die Ostfrieslandkrimi-Titel des Klarant Verlages kennen und besuchen Sie uns im Internet unter:

www.ostfrieslandkrimi.de

und

www.klarant.de

Sie können dort Näheres über unsere Autoren erfahren, viele weitere interessante Bücher und eBooks finden und Leseproben herunterladen. Mit dem kostenlosen Newsletter auf

www.ostfrieslandkrimi-lesen.de

erhalten Sie aktuelle Informationen rund um das Verlagsprogramm, wie beispielsweise spannende Neuerscheinungen und Gewinnspiele.